Tier《ティア》1姉妹
有名四姉妹は
僕なしでは生きられない
紙城境介
絵 成海七海

Ranka Kichijoji
吉城寺蘭香
次女・高校2年生。日本で最も有名な女子高生と称されるほどの人気配信者。
媚びない姿勢、飾らない性格が男女ともにウケている。
10.8万+
6.2万+
@Lanca

ひとまず挨拶をしようと、
僕は靴を脱ぎ、エントランスから
リビングの奥を覗き込んだ。
そして。
ケツと目が合った。
「にゃ～♥
にゃにゃにゃ～♥
にゃ――あ？」

Meru Kichijoji
吉城寺梅瑠
三女・高校1年生。FPSのプロゲーミングチーム所属。
女性プロゲーマーとしては国内トップクラスの実力を持つが、かなりの人見知り。

梅瑠は引きずり出したシャツを
もぞもぞと着始める。
「あなたは仕事でここにいるんでしょ。
だったらこのくらい普通にスルーしてよ」

Shinana Kichijoji
吉城寺竹奈々
四女・中学3年生。13歳で鮮烈なアニメデビューを果たしたネクストブレイク若手声優。自称吉城寺家の愛嬌担当。

「……冗談を言ったつもりはありませんよ？」
竹奈々が白い手を伸ばしてきたかと思うと、ぐいっと僕のシャツの襟を引っ張った。

Kikuri Kichijoji
吉城寺菊莉
長女・高校3年生。イラストレーターを本業にしつつ、VTuberとしても活動中。四姉妹の中でも最強の引きこもりであり、滅多に部屋から出てくることがない。
「私たち聞いてないんだけど！男の家事代行が来るなんて！」
『あれ？ 言ってなかったっけ？ ごめんごめん、忘れてたぁ』

Tier1姉妹

有名四姉妹は僕なしでは生きられない

紙城境介

角川スニーカー文庫

24256

Tier1 sisters

Contents

design work —— AFTERGLOW
illustration —— 成海七海

第1章　Tier1姉妹

僕の人生に『いいね』はいらない。

誰かに認められた証《あかし》なんておためごかしに過ぎない。結局のところ、他人に満たしてもらった人生なんて空っぽのハリボテでしかなくて、自分の面倒を自分で見れるようにならない限り、本当の幸せなんてありえないんだって、僕はとっくに知っている。

「蘭香《らんか》ぁ～！　昨日《きのう》の動画見たよ！　めっちゃ可愛《かわい》かったぁ～！」

「ありがとー！　よかったらいいね押しといて～！」

「押した押した！」「当たり前じゃん！」

スマートフォンは人類には早すぎた。

手のひらに世界があると錯覚するには、承認欲求という脆弱性《ぜいじゃくせい》はあまりにも大きすぎる。

先人は言った──君子は和して同ぜず、小人は同じて和せず。

協調性を持つことと周りに合わせることは違うのだ。話題に乗るために映画を倍速で見たり、面白くもないSNSの投稿に真顔でいいねを押していくことの、何が人生を豊かにしてくれるというのか。

ましてや恋愛なんて、非効率の極み。

「……君永《きみなが》君ってさ、勉強以外何してるんだろうね……？」

「……いくら私立だからって、あれは異常だろ……」

「……動画とか見んのかな……？」

「……ないない。学校支給のタブレット、教科書と参考書しか入ってないって話だぜ……」

「……うへー。さすが全国模試一桁常連はいかれてるわ……」

誰が僕をどういう風に見ていようと、それは僕自身とは何ら関係がないはずだ。

自分を規定するのは常に自分自身。

協調はしても同調はせず、ただ粛々と自分の能力を磨き上げる。勉学。勤労。学生という育成期間にこなすべきはこの二つだと、もし攻略Ｗｉｋｉとやらが人生にもあるのなら、真っ先にそう書いてあることだろう。

それが僕——君永織見《しきみ》の、唯一絶対の哲学。

愚かなるクラスメイトたちよ。ファミレスやカラオケで、好きなだけ人生を浪費すればいい。その間に僕は君たちの手が届きえない領域に自らを押し上げ、本当の幸せというやつを見つけ出しているだろう。そのときにああしておけばよかったと嘆いてももう遅い。

僕という『君子』ありしとき、君たちはすでに、そうなれる権利を手放している——

「君永、お前バイトしてるだろ」

——はず、だったのだが。

「通報があってな。我が校はバイト禁止。破ったら最悪退学。知ってるよな？」

担任に呼び出されたその日から、僕の人生は大きく横道に逸《そ》れてしまった。

そう。

学校の最高権力者である理事長から、こう通達された、その瞬間に。

「君永織見くん。私から、代わりのバイトを紹介しよう」


ふわふわの犬を散歩しているマダムを新聞配達で鍛えたハンドリングで回避し、狭い坂道を重力に任せて駆け下っていく。

所は代官山《だいかんやま》、瀟洒《しょうしゃ》な住宅地。

その合間をママチャリで爆走するのは僕、君永織見。

自慢のペットを見せびらかすように散歩するマダムたちから、邪魔者を見るような目を頂戴しながら、僕はとあるマンションの前でブレーキを引いた。

「ここが理事長の家……」

首が痛くなるほど顔を上向けながら、僕は思わずつぶやいた。

東京でも格別の高級住宅街である代官山を、見下ろすように建つタワーマンション。一体家賃がいくらするのか、僕の金銭感覚では及びもつかない。青空の下で冴《さ》え冴《ざ》えと銀色に輝くそれは、まるで現代の王城だった。

理事長の家の家事代行。

退学回避の条件として提示されたのは、そんな仕事だった。

バイト代もちゃんと出る――どころか、それまで僕がやっていた牛丼チェーンや清掃のバイトに比べたら、月とすっぽん、役員と平社員ぐらいの差がある高給だった。

こんな温情が与えられたのは、僕の成績が良かったからだと言うが……。こんなにもうまい話があっていいのだろうか。

どうにも解せないが、お金はあるに越したことはない。それに家事は得意だ。こんなにいいバイトは他に探しても見つからないだろう。

僕は覚悟を決めてマンションのエントランスに入ると、オートロックのドアの前で教えられた部屋番号を呼び出した。

『――……はい』

女の人の声だ。家の人が出るだろうと言っていたが、他のお手伝いさんだろうか。

「あの、家事代行で来た者ですが」

『ああー……聞いてる聞いてる。開けるから勝手に入ってー』

自動ドアが音もなく開く。なんだかSFの世界にでも迷い込んだかのようだ。

エレベーターに乗り込み、最上階まで移動した。不安になるくらいスムーズで、ドアが開いたときにはまるでテレポートでもしたような心地になった。

足音一つしない廊下を歩き、目的の部屋の前に立つ。

３００１号室。

勝手に入って、って言ってたよな……。

物々しいドアを見て少し気後れしたが、許可は得ているのだ。何を恐れる必要もない。

僕はドアノブを捻《ひね》りながら、「失礼します」と言って、部屋の中に入った。

広々とした玄関《エントランス》から、向かって右にリビングらしき空間が広がっている。ホームパーティーができそうな、リビングというよりホールと呼ぶべき広さだった。

しかしちょっと……言葉を選ばずに言えば……。

クソ汚い。

「あぁ～♥　かわちいね～♥　こっち見てこっち見て♥」

空のダンボール箱の陰から、なにやら奇妙な声が聞こえてきた。

なんだろう。インターホンで聞いた声とはずいぶん違う。まあ肉声と電話口での声は全然違うと言うからな。

ひとまず挨拶をしようと、僕は靴を脱ぎ、エントランスからリビングの奥を覗《のぞ》き込んだ。

そして。

ケツと目が合った。

「あ～♥　マジ最高♥　なんであんたはこんなに可愛いの～？」

ケツが喋《しゃべ》っている。

薄いピンク色の、女性ものの下着を穿《は》いたケツが——フリフリと左右に揺れながら、猫なで声を垂れ流している。

なんだ、この生き物は……。

多様性の時代と言われ始めてすでに久しいが、ケツだけの生き物というのは人類と定義して問題ないのだろうか。専門家の判断が待たれる。

「にゃ～♥　にゃにゃにゃ～♥　にゃ————あ？」

目が合った。

今度は人間の目と。

怪奇ケツだけ妖怪と思われたそれは、這《は》いつくばって尻を突き出した女の子だった。上はTシャツだけ、下はパンツだけ、だらしなさの極み。しかしその女の子は、意外なことに見覚えのある顔だった。

「あ、クラスの」

いつも人に囲まれている、確かなんとかっていう動画のSNSをやってる——吉城寺《きちじょうじ》……何だっけ？

吉城寺　某《なにがし》が凍りついている間に、にゃーと一声鳴いて、一匹の猫がリビングを横切っていった。何をしていたのかと思えば、どうやらあの猫をスマホで撮影していたらしい。

なんだ、猫か。

「——ミニャアアアアアアアアアアアアアアアアアアアアアッ!!」

金切り声が耳をつんざく。顔が真っ赤になった吉城寺某が垂直に飛び上がる。

僕は思わず両耳を塞ぐ。その間に、彼女はぐいっとTシャツを下に伸ばしてパンツを隠そうとしつつ、限界まで僕と距離をとって壁にへばりついた。

しまった。

まだ挨拶ができてない。

「紹介されてきました、家事代行の——」

「変態ぃいいいいいいいいいいっ!!」

何ぃ!?　変態だと!?　一体どこに——

「——どうっ!?」

中身の入ったダンボールが飛来し、顔面に直撃した。ダンボールに入っていた女物の服がふわっと一気に宙を舞い、仰向《あおむ》けになぎ倒された僕の上に降り積もってきた。目の前が真っ暗になる。

なんなんだ、なんで僕が攻撃される⁉　まさか、僕を変態と間違えて……⁉　いや、それはないか。

「ちょっとあんたたち！　いるんでしょ！　出てきてよ！」

暗闇の中で僕はもがき、顔の上に積もった布類をひっぺがしていく。なんだこれは。ブラウスか。これは？　スカートか。口の中に何か入ってる。パンツか。

ようやく視界を取り戻したとき、吹き抜けの2階から、何者かがゆっくりと階段を降りてきた。

「……蘭香、うるさい……。マイクに入る……」

顔をしかめながら現れたのは、前髪が妙に長い、ダルンダルンのパーカーを着た女子。

さらに僕の背後にある玄関のドアが、ガチャリと開いた。

「ただいまですー――ってどうしたんですか、蘭姉《らんね》ぇ。そんな格好で」

玄関から入ってきたのは、明るそうな印象の、華奢《きやしや》で小柄な女子。

「変態のストーカー泥棒よ！　私が撮影に集中してる間に……！」

そして吉城寺某が指を突きつけ、服の山に埋もれて倒れている僕を、3人の女子が並んで見下ろしてきた。

……なんなんだ……！

僕はただバイトがしたかっただけなのに……なんでパンツを握りしめながら、見知らぬ女子3人に見下ろされているんだ！


「家事代行ぉ？」

ようやく事情を説明すると、Tシャツパンツ女子——もとい、タートルネックにショートパンツ、黒いタイツを合わせた吉城寺某は、胸の下で腕を組みながら眉をひそめた。

「言い訳ならもっと上手《うま》くやりなさいよね。もう通報していい？」

「本当だ！　理事長に言われて……！」

「ママのこと？　なんでうちのママが理事長やってるって知って——」

勝気な吉城寺はそこで言葉を切り、正座させられている僕の顔を、目を細めてじっと睨《にら》んだ。

「……あんた、どっかで見たことあると思ったら……うちのクラスのガリ勉君永？」

「ようやく思い出してくれたか……吉城寺なんとか」

「蘭香よ！　吉城寺蘭香！　あんたこそ覚えてないじゃない！」

そうだそうだ、そんな名前だった。

うちのクラスで一番やかましい女子グループの中心人物で、たまに教室や廊下で謎のダンスを踊っている変な女だ。理事長の娘だったのか。

吉城寺蘭香は何かを堪《こら》えるように頰《ほお》をヒクつかせる。

「信じられないわ……。この私が同じクラスにいるのに名前も覚えてないなんて……」

「すまん。人の顔を覚えるのは苦手でな」

「日本一有名な女子高生の、この私の顔を⁉」

「ずいぶん自惚《うぬぼ》れが強い奴《やつ》だな」

言うに事欠いて日本一有名とは。見上げた自意識過剰だ。

「ああーッ‼」

吉城寺蘭香は苛立《いらだ》たしそうに歯ぎしりすると、スマートフォンを取り出した。

「そんなこと言って、どうせ私のストーカーでしょ！　さっさと通報するから！」

「……だったら、どうやって入ってきたの？」

静かな声で異論を唱えてくれたのは、ダルダルのパーカーを着た前髪の長い女子だった。長すぎて右目が完全に隠れている。

「オートロックなのに。わたしたちの誰かが開けないと、無理ゲー」

「梅瑠《める》姉ぇの言う通りですよ、蘭姉ぇ」

それに小柄な女子が加勢してくれる。

「中から誰かに開けてもらったんじゃないですか？　ね、泥棒さん？」

小柄な女子がそばにしゃがみこみ、小首を傾《かし》げて言ってくる。近くで見るとアイドルみたいに顔が整った子だ。それにやけに通りの良い澄んだ声をしていた。

「そ、そうだ……。開けてもらったんだ。君たちとは別の、女の人に……」

「……もしかして」

3人が一斉に心当たりありげな顔になり、揃《そろ》ってある場所を見つめた。

そこには白い壁面に据えられた、黒板みたいなサイズのモニターがある。

「菊《きく》姉ぇ！」

吉城寺蘭香が叫んだ瞬間、タイミングを見計らっていたかのようにモニターが点灯した。

『呼んだぁ？』

モニターに映ったのは、イラストだった。

正確には、動くイラストだ。

高校の制服らしきものを着た金髪の女の子のイラストが、目をぱちぱちさせ、横に揺れながら、聞き覚えのある女の声で喋っていた。

吉城寺蘭香がモニターに向かって嚙《か》み付くように言う。

「ちょっと菊姉ぇ！　こいつを入れたのって……！」

『んー？　ああ、わたしわたし』

「私たち聞いてないんだけど！　男の家事代行が来るなんて！」

『あれ？　言ってなかったっけ？　ごめんごめん、忘れてたぁ』

なんだこりゃ……。モニターに映った動くイラストと、生身の人間が言い争ってる……。

「自己紹介したほうが良さそうですね」

僕が唖然《あぜん》としていると、小柄な女子が僕の前でくるりと回って、輝くような笑みを浮かべた。

「吉城寺家愛嬌《あいきょう》担当！　ブレイク前夜の天才声優！　四女の竹奈々《ちなな》ですっ☆」

はい次、と隣にいた前髪の長い女子に振られる。

「……三女の梅瑠。趣味はゲーム。仕事もゲーム」

陰気な声で言って、次、と吉城寺蘭香に（エア）マイクが渡された。

「………………」

しかし吉城寺が無視したので、四女を名乗った小柄な女子がマイクを握ったような手をモニターに向けた。

『えー、本業はイラストレーター、副業はVTuber、趣味は女子高生の、栗木《くりき》ひそか――じゃなかった、長女の菊莉《きくり》だよん。よろちくびー』

「少々補足しますと、菊姉ぇは我が家で最強の引きこもりでして、自分の部屋から滅多《めった》に出てこないんです。なので普段はこの通り」

『かわいかろー？』

　イラストの頭が左右に揺れる。それを見て僕は改めてつぶやく。

「絵が動いてる……」

『え、そこから？』

「今時Live2Dを知らないとは、なかなか珍しい人ですね、泥棒さん」

　これが姉？　どういう世界観なんだ、この家は。

「ちょっと待って。なんで普通に受け入れてんの？」

　吉城寺蘭香が形のいい眉を逆立てていった。

　僕はほっと息を吐いて、

「そうだよな。動くイラストが姉なんておかし――」

「そうじゃない！」

　そうじゃないの!?

　吉城寺は僕の顔をずびしと指差して、

「こんな男が家を出入りするなんて！　私は絶対無理！　炎上したらどうしてくれんの!?」

　と言って、僕の顔を睨みつける。

「それにこいつ、学校じゃあ勉強してばっかりでまともに話す友達のひとりもいないのよ？　家事なんてできるわけないじゃない！」

僕は思わずムッとなって、吉城寺の目を睨み返した。

「前後の文章が繋《つな》がってないぞ。それはただの偏見だ」

「世の中のほとんどは偏見で回ってんのよ。教科書に書いてなかったの？　そもそも家事代行なんてうちには必要ないのよ！」

「ほう……。見上げた根性だ。このリビングの惨状を前にしてそう言うか」

ダンボールの中身がぶちまけられたリビングを見て、「うっ……」と吉城寺蘭香は鼻白んだ。これはその辺のダンボールに洗濯物を適当に放り込んでいた証《あかし》。これ以外にもリビングにはコンビニのビニール袋やら、食べた後の食器やら、ビニール袋やら、何かの空箱やら、ビニール袋やら、ビニール袋やら、ビニール袋やらが散乱していた。

さっき猫がいた一角だけが不自然に片付いていて、どうやらそこが動画のための撮影スポットらしい。

僕は立ち上がって告げる。

「1時間ぐらいよそに行ってろ。本当にこの家に家事代行が必要ないかどうか、僕が教えてやる」

そして1時間後。

四姉妹は変貌を遂げたリビングを見て、圧倒されて立ち尽くしていた。

「カーペットが見えます……！」

「……埃《ほこり》っぽくない……」

『床が光って見える！』

「物の場所がわかる……」

僕は味噌汁《みそしる》の器をテーブルに置きながら、

「冷蔵庫の中身が腐りそうだったから食事も作っておいた」

「おおーっ！」

三女の梅瑠と四女の竹奈々が素早くテーブルにつき、いただきますも言わずに箸を取る。ひとたび口をつけると、「美味《おい》しい！」「美味しい……」と言って、バクバクと平らげ始めた。

「これがまともな人間の生活だ」

まだリビングの入り口で立ち尽くしている吉城寺を見据えて、僕は唇を曲げる。

「家事は小学生の頃からやっててな。それに料理も掃除もバイトで死ぬほど鍛えられた。ガリ勉にしちゃできるほうだと自負してるんだけどな」

「採用！　採用です！」

「自動的にご飯が出てくる生活……ずっと憧れてた……」

吉城寺は俯《うつむ》きがちなままふらふらとリビングを横切り、僕が作った味噌汁を一口だけ飲んだ。

それからプルプルと震えだし——茶碗《ちゃわん》を荒々しくテーブルに打ち付ける。

「不採用！」

なっ⁉

「なんでだ！　仕事は完璧に——」

「とにかく不採用！　絶対無理！　今すぐ出てけえーっ‼」

そして僕は、マンションから無理やり叩《たた》き出され、バイトをクビになった。

色んなバイトをしてきたが、これは最短記録だ。


「ふうん。そんなことがあったんだ」

できたてほやほやの僕の身の上話を、三鷹松葉《みたかまつば》はのんきな一言でまとめた。

場所は学食の窓際にあるカウンター席である。目の前の窓の向こう側には、たくさんの生徒が思い思いの時間を過ごしている中庭があった。

三鷹はいつも、昼休みにふらりと現れてはこの席に座り、にやにやと幸せそうなツラで中庭に集う女子たちを眺めている。果てにはその制服の着こなし方を一つ一つ評論し始めるという、変態一歩手前の行為をライフワークとしている奴だった。

ちなみに、三鷹は女である。

いや、女子の制服を着ているだけかもしれないし、胸に詰め物をしているだけかもしれない――しかし少なくとも僕の目には、その友人は女性のように見えていた。

「もう少し興味を持てよ！　唯一の友人が世にも珍しく参ってるんだぞ？」

「自分で言うなのオンパレードだね。しかし君子《くんし》くん――」

奇妙な仇名《あだな》で僕を呼ぶ三鷹。どうやら苗字《みようじ》の君永と名前の織見の頭を繋げたものらしい。

「――私に言わせれば、君の境遇は憐《あわ》れむどころか、妬ましいのただ一言だね」

「妬ましい？　退学の危機に瀕《ひん》しているこの状況が？」

「まったく。学年一の秀才のくせに、君はこの学校について知らなすぎるな」

いいかい？　と指を振って、三鷹は講釈を始める。

「まず吉城寺蘭香。『日本一有名な女子高生』の異名をほしいままにする、超有名動画配信者。ＳＮＳのフォロワー数は１００万を優に超える。そこらの芸能人よりも影響力のある、超弩級《ちようどきゆう》のインフルエンサーさ」

そういえばそんなことを言ってたな、自分で。

僕はＳＮＳを見ないので、１００万っていうのがどの程度すごいのかいまいちピンとこない。

「次に吉城寺梅瑠。ＦＰＳゲームをしている人間なら知らない者はいないプロゲーミングチーム『AlphaPlanet』に15歳の若さで所属。女性プロゲーマーとして世界で最も注目されていると言っても過言じゃない天才中学生。未来のeスポーツ界にとって至宝とも言える存在さ」

プロゲーマーか。存在くらいは知っているが、やはり具体的にどんな活動をしているのかはよく知らない。それにしてもよくこんなに淀《よど》みなく喋《しゃべ》るな。練習してるのか？

「そして吉城寺竹奈々。主演の機会はまだ巡ってこないが、年齢に比してあまりにも繊細な演技力で業界を震撼《しんかん》させた超有望若手声優。14歳にして演じてよし、歌ってよし、喋らせてもよしのスーパーオールラウンダー。その上見た目も超美少女なんだから隙がない。青田買いにしては安牌《あんぱい》すぎる、約束されたスターだよ」

声優ねえ。最近はアイドルみたいなこともさせられて大変そうだな。

「これが我が校の誇るこの世の最上位勢——人呼んでTier1姉妹ってわけさ」

ティア1？　ティアーが確か……『階層』みたいな意味だっけか。『1番目の階層』でTier1ってわけね。

そこではたと気がついた。

「もうひとりは？」

「ん？」

「吉城寺家は四姉妹だ。もうひとりいるはずだろ、長女が」

「ああ……吉城寺菊莉さんね。彼女は今2年生のはずだけど、学校にはまったく来てないみたいだからなあ。クラスメイトですらオフの姿は見たことがないはずだよ」

「留年だろ、そんなもん……」

「母親の力かな。でもVTuberとイラストレーターの収益を合わせたら、そこらの企業経営者が裸足《はだし》で逃げ出すぐらいの収入があるはずだし、学校どころか下手したら働くことすらもはや必要のない身の上なんじゃないかな」

この世の最上位勢か。やっぱりいるところにはいるもんなんだな、勝ち組ってやつが。

世界は不平等だ。

だけどだからこそ、他者と自分を比べることに意味はない。僕は僕にできることをやるだけだ。

「とにかくね、君子くん。私が言いたいのは、そんな雲の上の美少女たちとまとめてお近づきになれるなんてことは、刺されたって文句は言えないくらいの幸運なんじゃないかって話だよ」

「文句は言うぞ。刺されたら」

「私は言わないね。高スペック女子中高生最高！」

さっきは少しばかりはぐらかしたが、コイツは間違いなく女だ。じゃなきゃとっくの昔に捕まってる。

「まあ冗談はともかく」

「冗談で赤くなるのか、お前の顔は？」

「どうしても解雇を免れたいってことなら、少しは彼女たちに歩み寄ってみることだね。そのための情報は今与えただろう？」

……長々とした講釈は、そのためのものだったのか。

「歩み寄るって言われてもなぁ……」

「君は少しばかり自我が強すぎる。君の正しさは他者にとっても正しいとは限らない。君子は和して同ぜず――なんだろう？」

確かにそうだ。同調ならぬ協調をしてこそ真の君子。

「まあなんとか頑張ってみるよ。退学がかかってるしな」

「いよいよとなったら私が雇ってあげよう。ちなみに制服はセーラー服だ」

「何でもいいのか君は」

僕は三鷹と別れ、自分の教室に戻った。目下のところ、このバイトの障害となっているのは次女の蘭香だ。そしてそいつは、都合のいいことに僕と同じクラス。四姉妹の中で一番接点を作りやすいと言える。

まずはにこやかに挨拶を交わして、警戒心をときほぐし――

「よう、吉城寺――」

「……チッ」

汚物を見るような目を向けられた。

ついでに舌打ちもされた。

さらには周りのクラスメイトにクスクスと笑われた。

……わかってるさ。僕とコイツの生き方はまるで対極。歩み寄るなんてとてもできそうにない。

それでも、諦めるわけにはいかないのだ。


放課後、僕は再び代官山のマンションに向かった。

門前払いも覚悟したが、学校からまっすぐやってきたのが功を奏したらしい。吉城寺蘭香は不在で、代わりに末っ子の竹奈々が出迎えてくれた。

「おかえり〜♪　……いや、違うな。——おかえりっ、お兄ちゃん！」

「赤の他人をいきなりお兄ちゃん呼ばわりとは心の闇が深い奴《やつ》だ。よければ相談にくらい乗るぞ？」

「秒で人をかわいそうな子にしないでください。演技ですよ、演技」

「演技？」

吉城寺竹奈々は輝くような笑みを浮かべて横ピースをした。

「やっぱり女性声優は男の人をときめかせてナンボみたいなところがありますからね。どっちの言い方がグッときました？」

「とりあえず大して知りもしない女の子にお兄ちゃんと呼ばれるのは恐怖心が勝る。控えておいたほうが無難だろうな」

「うーん……それはそうなんでしょうけど、ちょっとリアリストすぎますね、執事さん」

「執事さん……？　まさかとは思うが、僕のことじゃないよな？」

「家事をしてくれるんでしょう？　だったら執事さんじゃないですか」

「何を期待してるのか知らんが、そんなにいいもんじゃないぞ」

「だったらやっぱり、無難に『せんぱい』にしておきますか。せーんぱいっ♪」

懐いてる後輩が部活終わりに呼びかけてくるときみたいな調子で、竹奈々は言った。

部活なんてろくにやったこともないのに、シチュエーションまで想像させられてしまった。これが約束されたスターの演技力ってやつか。

竹奈々はあっさり僕を玄関に上げてくれる。彼女はどうやら、僕に悪感情は抱いていないようだ。

「全員が君みたいに物分かりがいいと助かるんだがな……」

「まあまあそう難しい顔をせずに。無愛想な姉たちに代わって、竹奈々ちゃんがお相手してあげますから。……あ、でも好きになっちゃダメですよ？　声オタに殺されたくなければね！」

しかしこの子はこの子で、ちょっと癖がありそうだ。

「次女が帰ってくる前に仕事に取りかかろう。何かやってほしいことは？」

「あ、だったらちょうどよかったです。洗濯物が溜《た》まってるんですよ」

「ダンボールに詰め込んでたくらいだしな……」

「いえ、あれは一回も着てないやつです。積ん読ならぬ積み服です」

「着ない服をなんで買う？」

「可愛《かわい》いと思ったらとりあえず買っちゃうじゃないですか」

わからん。これが金持ちの感覚なのか。

リビングの階段から2階に上がり、洗濯物があるという脱衣所に通されると、そこには目を疑う光景があった。

洗濯かごが八つ、全部山盛り。

何着あるのか想像もつかない。どこまでズボラだったらこんなに溜められるんだ？　というか着る服はなくならないのか？　いや、そうか。積み服があるんだったな。

「洗濯機は1階のユーティリティルームです。使い方わかります？」

「……大体わかる」

タワマン最上階の洗濯機がどのようなものか知らないが、とてもこれらすべてを一度に洗うことはできないだろう。入れ替わり立ち替わり洗濯機を酷使することになる。そしてその後、洗った服を畳まなければならない……。どれだけ時間がかかるんだ？

「じゃあお願いしますね〜」

竹奈々は気楽にそう言って、脱衣所を出ていった。

……仕方ない。仕事だ。根気強く片付けよう。

僕はまず、膨大な洗濯物を1階のユーティリティルームとやらに運ぶことから始めた。

それはキッチンのすぐ横にあり、洗濯機や物干し竿《ざお》、アイロン、ミシンなどが揃《そろ》った、家事専用の部屋のようだが、なんで脱衣所とこんなに離れてるんだ。逆に不便だろ。

それが終わると、洗濯物を素材ごとにざっくり仕分けていく。ポリエステルならポリエステル、ウールならウールの洗い方があるからな。

そうしてコツコツと衣服の山を切り崩していると、紐《ひも》のようなものが手に引っかかった。

引っ張り出す。

ブラジャーだった。

それも顔が入りそうなほどの。

くすくすくす、と小さな笑い声が背後に聞こえた気がした。

「（梅瑠姉《ね》ぇの中学生離れしたクソデカFカップブラジャー……あれに動揺しない男子高校生はいませんよ。さあ、貴重な生の反応を見せるのです！）」

「…………………」

　僕は無言でブラジャーを洗濯ネットに放り込んだ。

「ええ!?」

　引き続き洗濯物の山を切り崩していく僕に、いつの間にか戻ってきていた竹奈々が若干引いた様子で言う。

「の、ノーリアクションですか……。なかなか剛の者ですね、せんぱい……」

「妹がいるんでな」

　今更ブラジャー程度で動揺なんてしない。

「僕が職分をわきまえない行為をするのを期待していたのか？　その瞬間を押さえて僕を追い出そうとしていたのか？」

「いやいや、とんでもない！　これほど近くで男の子を観察できる機会なんてそうそうないんですから！　こんな美味《おい》しい状況を逃したりしませんよ！」

「美味しい状況？」

　手を動かしながら振り返ると、ユーティリティルームの入り口に立っている竹奈々はなぜだか照れた様子で、

「竹奈々ちゃんはですね、取材したほうが演技しやすいタイプでして……少年役をやることも多いので、一度男の子の言動をちゃんと調べてみたいと思ってたんです」

「……クラスメイトじゃダメなのか？　自分で言うのもなんだが、君の姉の意見は真っ当だぞ。普通、その程度の理由で同年代の男を家に上げたりはしない」

「もちろんそれだけじゃありませんよ？」

床に座り込んで作業をしている僕の前に竹奈々もしゃがみこみ、両手で顎を支えるようにしてからかうように笑う。

「お兄ちゃんが欲しかったんです」

そして、甘えるようなアニメ声で、未来のスターは言った。

「ちょうどいいかなと思いましてね。織見お兄ちゃん♪」

「……妹がいるんでな」


昼から洗濯機を三回ほども回し、ようやく終わりが見えてきた頃、今日初めて見る姿が、大きなあくびをしながら現れた。

「ふあ……おはよ」

「ああ、おはよ――おはよう？」

僕が驚いたのは、その女――三女・吉城寺梅瑠が突然ユーティリティルームに現れたかからでも、ぶかぶかのＴシャツを一枚纏《まと》っただけの格好で無防備に太ももを晒《さら》しているからでもない。

今何時だ？

スマホを取り出して時間を確認してみると、17時半を少し過ぎたところだった。

17時半……。

「もしかして……今起きたのか？」

キッチンにあるウォーターサーバーからコップに水を注いでいる梅瑠に尋ねると、そいつはゴクゴクと喉を鳴らしながら振り返り、コップを空にしてから平然と答えた。

「そうだけど」

「……学校は？」

「関係ある？」

あるだろ。

三鷹の口ぶりからすると、ここの四姉妹は僕と同じ学校の中等部や高等部に所属しているはずだが……竹奈々も普通に家にいたし、中等部はもう春休みに入っているのだろうか。

今日は僕もテスト返しが主で短縮授業だったし。

それにしたってこの時間に起きてくるのは遅すぎる……。まるで吸血鬼の生活リズムだ。

カルチャーショックを受けていると、竹奈々がリビングのほうから顔を出してきた。

「あ、梅瑠姉ぇ。おはようございます」

「おふぁよ」

歯ブラシを咥《くわ》えながら答える梅瑠。どうやら三女がこの時間に起きてくるのは、この家では当たり前のようだ。……シンクで歯磨かれるの、なんか嫌だな。

「今日はご飯食べますか？」

「んー……いい。もうすぐ練習試合《スクリム》だしパンで済ます」

「了解です」

「パン？　おいおい、菓子パンか何かで食事を済ます気か？　簡単なものだったらすぐに僕が何か——」

梅瑠はペッと口の中をゆすぐと、

「大丈夫、健康なパンだから」

そう言ってシンクの下の収納からダンボール箱を引きずり出し、その蓋を開けた。

中から取り出したオレンジ色の袋を、僕に見せてくる。

どうやらそれが、健康なパンとやららしかった——裏に記載されている成分表を見ると、確かに様々な栄養素がバランスよく配合されている。

「いわゆる完全栄養食ってやつです」

竹奈々が補足してくれる。

「梅瑠姉ぇの食事は半分くらいこれですよ」

「普通の食事は気分が乗ったときだけでいい。それ以外はこれ食べてたほうが時間的にアド」

梅瑠はオレンジ色の袋の封を開け、中から長方形のパンを取り出してモグモグと咀嚼《そしゃく》し始める。種をかじるハムスターみたいだった。カップラーメンなんかで腹を満たすよりはマシ……という考え方もあるが、僕にとっては異文化すぎて、素直には飲み込めなかった。

「あ、そうです！」

唐突に竹奈々がポンと手を打つ。

「料理じゃなくて、掃除をしてもらいましょうよ。梅瑠姉ぇの部屋の。そろそろヤバいんじゃないですか？」

「ええ……？　まだ大丈夫——」

「大丈夫じゃないですよ！　あったかくなってきて虫も湧いてくるんですから、今のうちに片付けないと！」

……不穏な流れになってきた。あんなに散らかっていたリビングを放置していた竹奈々が、『ヤバい』と言う部屋とは一体……？

「ちょっと見てくださいよ、せんぱい！　本当にヤバいんですから！」

後ろに回った竹奈々にぐいぐいと背中を押され、僕はリビングにある階段を上らされる。

2階の右奥にある扉まで来ると、竹奈々は力を緩めた。ここが梅瑠の部屋のようだ。

ヤバいヤバいと言うが、昨日《きのう》のリビングだって充分にヤバかった。3人分（あるいは4人分）であのくらいなのだから、散らかす人間がひとりしかいない私室だったらそれよりはマシになる理屈だろう。

僕は少しだけ覚悟を固めると、目の前のドアを開いた。

そして一歩踏み出した。

そしてペットボトルを踏んだ。

「どうっ⁉」

コロッと足が前に滑って後ろに転倒しかけた僕を、背後の竹奈々がかろうじて受け止めてくれる。

ドアの向こうには混沌《こんとん》が広がっていた。

扉を抜けた一歩先には通販のダンボール、マウスか何かの空箱、脱ぎ捨てられた衣服、そして通販のダンボールが散乱しており、どういうルートで歩いていけば部屋の中に入れるのか見当もつかない。

ベッド周りはさらに悲惨だ。言うまでもなく大量の服が放ってある他、ブラジャーやパンツといった下着類までもがだらしなく、まるでそれを布団にしているかのように積み重なっていて、一見ではどっち側に枕があるのかもわからない。

そして一番ひどいのがデスク周り——三枚も並べられたモニターや七色に光るキーボー

ド、でかいマウスパッドに置かれたマウスや大きなスタンドマイクだけを見れば、なるほど未来あるプロゲーマーのデスクだと感心してもいい。
しかしそれは、それらの隣に飲みかけのペットボトルやエナジードリンクの空き缶、さらにはカップラーメンの容器までもが山積みになっていなければの話だ。

リセットされていない部屋。

日々積み重なる生活の痕跡を、一切リセットせずに堆積させ続けていればこういう部屋になる。ここは吉城寺梅瑠の生活を濃縮した空間だった。

「そんなに散らかってないでしょ」

ぴょんぴょんと飛び石を飛ぶようにゴミを避《よ》けながら、梅瑠は自分の部屋の中に入っていく。

「昨日ちょっとゴミ捨てたし。今日はきれい」

「どこがだ！」

人生最大のカルチャーショックから復帰して、僕は叫ぶ。

「これが人の住む空間か⁉　ジャングルでももうちょっとすっきりしてるぞ！」

「ジャングルにはＰＣがないからね」

「そういう問題か……！」

デスクの横にあるパンパンのゴミ袋はＰＣの周辺機器か？　違うだろ……！

「それではあとは頼みますっ！」

後ろの竹奈々がしゅびっと敬礼して、素早く隣の部屋に逃げ込んでいった。そこが竹奈々の部屋らしい。

これはヤバい。

そりゃあ家事代行を頼むわけだと納得する。業者を入れないとどうにもならないレベルだ。

「洗濯なんてしてる場合じゃない。君が何らかの病気になって死ぬ前に掃除するぞ！　いいな！」

「はあ……別にいいけど、キーボードとかマウスは触らないようにしてね」

なんで僕が仕方のない奴《やつ》みたいになってるんだ！

そうして僕は、吉城寺梅瑠の部屋の大掃除に取りかかった。

しかし、開始5秒でつまずく。

梅瑠が唐突に、「よいしょ」と言って、身に纏っていたぶかぶかのTシャツをぐいっとまくり上げたからだ。

「ひゃあっ⁉」

僕は悲鳴をあげた。

ぶかぶかのTシャツをベッドの上に放り投げて、ブラとパンツだけの姿になった梅瑠は、

「えーと……」とつぶやきながら、四《よ》つん這《ば》いになって脱ぎ捨てられた衣服の山を漁《あさ》り始める。

「な、何をやってるんだ君は！　いくら僕に妹がいるとはいえ限度があるぞ！」

「何が？」

衣服の山の中からシャツとズボン、パーカーを引きずり出すと、梅瑠は下着姿のまま僕のほうに向き直る。

ぶかぶかのシャツに隠されていた身体《からだ》は年下とは思えないくらいメリハリがあって、とても妹と同列に扱うことはできなかった。特に胸の膨らみ具合は中学生の領域を明らかに超えている。柔らかな円弧が自分の足元が見えなそうなくらい前方に張り出していて、デスクに座ったらキーボードに当たりそうだ。

「少しは隠せ！　恥ずかしくないのか!?」

「別に。乳首が見えてるわけじゃあるまいし」

梅瑠は引きずり出したシャツをもぞもぞと着始める。胸に引っかかった裾をへその下まで下ろしてから、

「あなたは仕事でここにいるんでしょ。だったらこのくらい普通にスルーしてよ」

「できるか！　下着を洗うのとはわけが違うわ！」

「なんで？　他のみんなだって、お風呂上がりにはこういう格好でその辺歩いてるし、こ

の家の家事をするっていうのはそういうことじゃないの？」

長い前髪の奥から、梅瑠は試すような目つきで僕を見る。

「それとも、わたしたちのこと、そういう目で見てる？　だったらすぐにやめてほしいんだけど」

「……ぐぐ……」

どうにも釈然としないが……この仕事には、その手の感情を持ち込んではいけないのは確か。でなければ彼女たちも安心して生活ができない。

診察中に興奮する医者はいない――ならば僕も、仕事の間は自分が男であることを忘れなければならない。

「――あーわかったよ！　僕のことはルンバか何かだと思え！」

「ルンバはもうちょっと可愛《かわい》いと思う」

これはパワハラじゃないのか？

現代日本の労働環境について思いを馳《は》せながら、僕は掃除に取りかかった。

とりあえず捨てても良さそうな空のダンボールを片っ端から畳んで外に出す。それで少しはスペースができたので、衣類を畳んで整理し、ゴミというゴミをゴミ袋に放り込み、露出した床に掃除機をかけていった。

その間、梅瑠はＰＣの前に座り、ヘッドホンをつけてゲームをしていた。ときどきぶつぶつと、しかし鋭い声で、「移動します」「シールド割った」「ついてきてください」などとマイクに喋《しゃべ》っている。

やってることといえばゲームで遊んでるだけ……ということになるんだろうが、真剣な人間にはある種の迫力のようなものが宿る。彼女の背中にはそれがあった。

さすがに中学生の身でプロになるだけはある。とはいってももう3月——確か僕の一つ下だと聞いたから、4月からは高校生か。……いや、中卒という選択肢もあるのか？

小1時間ほど黙々と掃除を続け、多少は見れるぐらいに片付いた頃、梅瑠が深めに息を吐いてヘッドホンを外した。

ちょうどいいと思って、僕は話しかける。

「少しはマシになったぞ」

「ん？……おおー」

座ったまま振り返り、本来の姿を取り戻した床を見て、梅瑠はぽかっと口を開けた。

「早い。掃除ＲＴＡ」

「全然終わってないよ。これ以上はもっと物を捨てないと無理だ。なんでこんなに大量にマウスがあるんだよ？」

「色々試してるから。いつか使うかもしれないから捨てちゃダメ」

「大体使わないだろ、それは……」

片付けられない人間の典型例だな。

僕はその辺の床に放り捨ててあった教科書類を綺麗《きれい》に積み上げつつ、

「中等部の教科書だよな、これ。もう卒業だから使わないよな？」

「うん。捨てていい」

「その割にはずいぶん真新しい気がするが……なあ、進学はするんだよな？」

「……なんで？」

「それなら来月から後輩だなと思ってさ」

ウチは中高一貫だ。梅瑠も竹奈々も、ウチの中等部に在籍していると聞いている。

梅瑠はくるりと再びモニターに向き直り、ぼそりと答える。

「……一応」

「一応？」

「学校なんか行ってる暇ないって言ったけど、気付いたら進学させられてた」

気付いたらって……母親が学校の理事長だとそんなこともあるのか。

あまり使った形跡のない教科書を見下ろして、もしかして、と僕は思った。

「君って……もしかして、学校行ってないのか？」

「……悪い？」

少し不機嫌そうに答えながら、梅瑠は右手でマウスを握り、左手でキーボードをカチャカチャと操作し始めた。

「義務教育なんてどうせ卒業できるんだから行っても意味ないし」

「人の人生にケチつけるほど暇じゃないが、もったいないとは思わないのか？　学校行けるのは今だけだぞ」

「蘭姉ぇ《ね》に聞いたけど、勉強ばっかしてて友達いないんでしょ？　そっちも全然エンジョイしてないじゃん」

「…………………」

思ったより強いカウンターが飛んできた。僕にとっては勉学に励むことこそが学校という場所の意義であってだな……。

「それに、ゲームできるのだって今だけだし」

「……え？」

「知らない？　ＦＰＳのプロゲーマーって、20代前半で競技引退する人がゴロゴロいるんだよ」

……そんなに選手寿命が短いのか？　まるで女性アイドルじゃないか。

「あと10年もないの。もしかしたら、わたしのピークは今かもしれない……。そう考えたら、学校で時間無駄にしてられない」

生き急ぐような言葉を聞いて、この汚い部屋の解像度が少し上がったような気がした。

完全栄養食で食事の手間を省き、掃除らしい掃除を一切せず……まるでゲーム以外に使うエネルギーを極限まで削《そ》ぎ落としているかのようだ。

もちろんそれを良いことだとは思わないが、さっき彼女は僕にプロ意識を問うた。あれが彼女自身にも適用されている考え方なのだとすれば、それは――

「――尊敬するよ」

「え？」

僕の言葉に、プロゲーマーは驚いた顔で振り返った。

「君は自分の力で、自分の人生を満たそうとしているんだな」

僕にはこれといった才能がない。

だからがむしゃらに勉強をしたり、バイトをしたりすることしかできない。

君子は和して同ぜず、小人は同じて和せず――誰かに阿《おもね》ることなく、自分の力で戦う君子を、僕は尊敬する。

梅瑠はしばらく口を開けていた。

かと思えばすいっと目を逸《そ》らし、またモニターに向かう。

「……掃除、終わった？」

「え？　ああ……大体は」

「それじゃあ、これから練習試合《スクリム》だから出ていって」

　へいへい。

　会話している時間も惜しいんだろう。僕は肩を竦《すく》めながらドアに足を運び――

「掃除……ありがと」

　――背中で、その言葉を聞いた。

　振り返ると、彼女はすでにヘッドホンをつけている。僕はその背中を見ながら小さく口元を緩めると、今度こそドアを開いた。

　感謝の言葉を言う時間は、無駄ではなかったらしい。


『勤勉だねぃ。それともスケベなのかなぁ』

　1階のシステムキッチンで夕食の支度をしていると、リビングの壁のモニターがついて、金髪の女子高生イラストが現れた。

「よう、絵」

『それ差別語だからね。タンパク質風情がよ』

　そうだったのか。これからは気をつけよう。

「僕は勤勉だよ。そして紳士だ」

『ふーん。彼女いなそうだもんね、君』

頬《ほお》がヒクついた。

「なんでそうなる」

『恋人なんていても無駄だ、とか言っちゃうタイプでしょ。いたこともないくせにねぇ』

「だからなんでそうなる!」

長女・吉城寺菊莉は、クックックッと悪役みたいな笑い方をした。

『ま、君みたいな自意識過剰くんのほうが、蘭香にはちょうどいいかもね。あの子も大概、自意識過剰だしさぁ』

「配信者なんてしてる奴《やつ》は大体そうだろう」

『まあそうなんだけど、あの子の場合、男嫌いもだいぶ入ってるじゃん?』

「男嫌い? 配信者なんてしてるくせに?」

僕の言葉に、菊莉はLive2Dでもわかるくらい深々と溜《た》め息《いき》をつく。

『君はあれだねぇ、配信者を裏垢《うらあか》女子かなんかと勘違いしている節があるね』

「別にそこまでは思ってないが……承認欲求の闇に飲まれてるって意味では同じだろ」

『見解の相違だなあ』

「じゃあ聞かせてくれよ、VTuber。何のために君たちは、学校の廊下でわけのわからんダンスを踊ったり、歌手でもないのに自分の歌を公開したりするんだ?」

『よかろうて。ズバリ、誰かと自分を区別するためさ!』

即答で、しかも意味深な回答が返ってきたので、僕は面食らった。

『自己表現だの承認欲求だの、呼び方は様々だけど、要はこの手の表現活動っていうのは、自分という存在を確立するための手段なんだよ。大量の情報で溢《あふ》れかえったこの社会で、溺死しないようにさっ』

「……君の本職はイラストレーターだっけか。君はそのために絵を描いているのか？」

『だって、世界はこんなに色んな物で溢れているのに、暇すぎるんだもの。暇つぶしは必要でしょ？』

現代文の読解には自信があったはずだが、彼女の言語感覚は少し独特で、あまりピンとは来なかった——だけどなんでだろう。なんとなく意義深いことを言われているような気がする。

「できることが多すぎて、逆にやるべきことがわからない……みたいな話か？」

『まあそんな感じかなぁ。ほら、縄文時代の人間は縄文土器を作っておけば暇しなかったわけだし』

「別に縄文人はひたすら土器だけ作ってる民族じゃないと思うが——どっちにしろ、僕にはいまいちわからないな。結局ちやほやされたいだけなんじゃないか？」

『かもしれないねえ。だとしても、やりたいことがあるのは素晴らしいことなんじゃないのかな、ガリ勉くん』

……痛いところをつく。

『蘭香が何を必要としているのか、ちゃんと考えてあげることだね――考えるのは得意技でしょ？』

何を必要としているのか、か……。

動画配信者の考えることなんて――ましてや声優にプロゲーマー、イラストレーターなんて変な環境で生きてる奴が必要とすることなんて、僕には想像も――あ。

「そういえば、君らって全員個人事業主だよな？」

そのとき、ちょうど折よく、竹奈々と梅瑠が階段を降りてきた。

僕は卓上カレンダーを見ながら、彼女たちに言う。

「3月ももうすぐ上旬終わるけど、確定申告は終わったのか？」

『「「…………………」」』

しばらく時が凍りつき、3人の姉妹は一斉にサッと目を逸らした。

説明しよう。

確定申告とは、やらないと脱税になるやつである。

友達と遊びながらインスタにあげる写真を撮っていたら、遅くなってしまった。

竹奈々はもうご飯食べたかな。他のふたりはいつも自由だから気にしてないけど。

「ただいま～！　……ん？」

玄関に入った瞬間、私は違和感に気がついた。

きっちり踵《かかと》を揃《そろ》えて置いてある、この男物のスニーカーは……。

――あいつ！　昨日《きのう》の今日で、また入り込んでるの⁉

私は急いで靴を脱ぐと、ドカドカとリビングに歩いていく。

「ちょっと！　不採用だって言って――」

言い切る前に、リビングからあの男が――君永織見が飛び出してきた。

そいつにガッと両肩を掴《つか》まれて、私は当惑する。

「な、何よ……。そんな怖い顔したって――」

「レシートを出せ」

「え？」

「支払調書も出せ！　今すぐにだ！」

その勢いに飲まれて、私は思わずこくこくとうなずいてしまった。

レシート？　支払調書？　……あ、確定申告？

足早にリビングに戻っていく君永についていくと、梅瑠と竹奈々が気まずそうに部屋の隅っこに座っていた。梅瑠の膝の上で飼い猫のハナサカが丸まっている。

「まったくお前ら信じられん！　普通こんなに放置するか？　締め切りまであと1週間もないんだぞ！」

ぶつくさと言いながら、君永はガラステーブルに置かれたノートPCの前に座った。ノートPCの周りには無数のレシートや領収書が、きっちりと束になって仕分けられている。

竹奈々が逃げるように目を逸らして、

「去年は確定申告するほど稼ぎがなくて……」

梅瑠が猫背をさらに丸くして、

「わたしもプロになったの今年度からだし……」

モニターの菊姉ぇがきょろきょろと目を動かして、

『税理士に丸投げすればいいや～……と思ってたらずるずると……』

そして君永が、どこか据わった目で私を見つめた。

「お前は？」

「……えぇっと、去年まではママにやってもらってて……」

なんでこんなに悪いことをした気分になるんだろう。まだ1週間あるのに！

君永は再びノートPCの画面に向き直りながら、深く深く溜め息をついた。

そして言う。

「社会人失格だな」

ううっ！　胸に刺さる……！

でもなんでこいつにそこまで言われないといけないの？　ちょっと常識あると思って偉そうに――！

「だけど、そのために僕がいる」

出かかった文句が、その言葉にせき止められた。

「君たちの欠陥を補うのが僕の仕事だ。君たちが君たちのやるべきことに集中できるようにな」

淀《よど》みなくキーボードを叩《たた》きながら、君永は言う。

「僕は僕の仕事をする。君たちも君たちの仕事をしろ」

そして彼は、数字だらけの画面に没頭し、何も喋《しゃべ》らなくなった。


作業の邪魔をしないように私の部屋に移動すると、私は姉妹たちから今日のあいつの仕事ぶりを聞かされた。

「口はちょっと悪いですけど、真面目な人だと思いますよ。梅瑠姉《ね》ぇのブラジャーにも全然動じませんでしたし」

「わたしが着替え始めたら女の子みたいな悲鳴あげてた。このくらい当たり前でしょって言ったらわかってくれたけど」

『メシがガチ美味《うま》い！』

妹ふたりは何をやってるんだ。警戒心とかないのかこのＪＣども。

とにかく、仕事には問題がないという話だった。でも、だからといって認められるわけがない。家事代行だったらあんな男じゃなくておばさんの家政婦でも雇えばいい話だ。まあ確定申告までやってくれる家政婦はいないだろうけど、それは税理士に頼めばいい話だ。

ママはなんで、娘が暮らしてる家に男なんかよこしたの？

もやもやしたものを抱えながら、やりかけの動画編集を終わらせると、すっかり夜が更けていた。

あいつ、まだやってるのかな……。４人分の確定申告ってどのくらいかかるんだろう。

私はそっと廊下に出ると、吹き抜けから１階のリビングを覗《のぞ》き込んだ。

テーブルには、まだあの男の背中があった。だけどそれは丸くなっていて、テーブルに顔を突っ伏しているようだった。

……寝てる？

足を忍ばせて階段を降りると、その顔を覗き込む。静かに瞼《まぶた》を閉じたそいつは、規則的な寝息を立てていた。

あんなに偉そうに社会人失格とか言ってたくせに居眠り？

思わずムッとしたそのとき、ノートPCの画面に映っているものに気がついた。

「……私の動画……」

去年の夏くらいかな……。国内旅行に行ったときのVlogだった。

なんでこんなに前の動画を？　その疑問は、君永の手元にあったレシートを見て氷解する。

この旅行に行ったときのレシート……。

もしかして、経費になるものを探してた？　動画に少しでも映っていたら仕事に使ったことになって、それが多ければ多いほど節税になる。少しでも私を得させるために、私の動画を一つずつ……？

本当に税理士みたい。本来家事代行の仕事には入ってないはずなのに、こんな夜が更けるまで……。

……毛布でもかけてあげたほうがいいのかな。

いやでも、私だってバレたら気まずくない？　それより起こしてあげたほうがいい？

でもでも、竹奈々たちの話じゃ昼からずっと働いてたみたいだし……！

「……ん……」

どうしようどうしようと右往左往しているうちに、君永が小さくうめき声をあげる。

のっそりと上体を持ち上げると、くしくしと指で目を擦《こす》った。

「寝てたのか……」

それから、結局見ていただけの私の顔を見上げた。

「起こしてくれたのか？」

私は気まずくなって目を逸《そ》らす。

「ま、まあ……」

「ありがとう」

素直なお礼に、私は拍子抜けした。

私が彼を毛嫌いしているように、彼も私を毛嫌いしているんだと思っていた。

だって私たちは生き方が違いすぎる。私は友達がいない生活なんて想像もできないけど、彼はろくに遊ばなくても平気な顔をして生きている。私は自分が会社勤めをしている未来なんて想像もしたくないけど、彼はきっとそれが正しいと思っているんだろう。

こんなことでもなければきっと一生話しかけなかったし、実際1年間、同じクラスにいたのに一度も話したことがない。

認められない人間に、素直にお礼を言う——それは多分、私にはできないことだった。

「……私の動画、見てたんでしょ？」

悔しかったのか、恥ずかしくなったのか。

なんとなく癪《しゃく》に思って、私は試すような口調で言った。

「どうだった？　可愛《かわい》かったでしょ」

「全然わからん」

私は頰《ほお》をヒクつかせた。

君永は頰杖《ほおづえ》をつきながら私の動画を眺め、

「他人とまったく同じダンスを踊ったり、キメ顔でウインクをするだけで終わったり、どっかで見たようなモーニングルーティンを紹介したり……エンタメ性が欠片《かけら》も感じられん。このメイク動画なんかどういうことだ？　ビフォーアフターでほとんど変わってないじゃないか。『私はすっぴんでも可愛いです』っていうイキり以外の何物でもないだろ」

……そういう答えが返ってくるだろうと思って聞いたのは私だけど……そんなにボコボコに言われるとは思わないじゃん……。

別にいいし！　こいつみたいなノンデリコミュ障男はターゲットじゃないし！

「でも、この旅行のVlogは面白かった」

不意打ちに、心臓が跳ねた。

「動画に入れる風景の選択にセンスを感じる。ナレーションも聞き取りやすい。編集段階で相当吟味したんだろうと感じるよ。編集は自分でやってるのか？」

「そ……そうだけど……」

「だろうな。外注した領収書がなかったし。だとしたら……この投稿頻度はすごいな」

――やめろやめろ。このくらいで認められた気になるな。

同じような『いいね』を、私は何千何万ともらってきた。そのうちの一つに過ぎないじゃない。

この程度で嬉《うれ》しくなんかなってやらない。

こいつは敵だ。私の、私たちの生活領域に、男なんか入れてはいけないのだ。

私はぐっと唇を引き締めると、胸の暖かさを誤魔化《ごまか》すように、刺々《とげとげ》しい言葉を作る。

「お褒めいただきありがとう。でも頻度は下がっちゃうかもね！　あんたの痕跡が映り込むたびに撮り直さないといけなくなるし！」

言ってから、これじゃあ家に出入りすることを認めているみたいだと気付く。

慌てて新しい憎まれ口を考えていると、その間に君永が言った。

「言われなくても、これが終わったら辞めるつもりだよ」

「……え？」

君永は平然とした顔で会計ソフトに向かいつつ、

「君の言う通り、年頃の女子が住んでいる家に同世代の男子の家事代行なんて不健全だ。理事長に願い出て、辞めさせてもらうことにする」

「でも……だったら、学校はどうするの？」

最初に言っていたはずだ。バイト禁止の校則を破ったことを不問にする条件として、この家事代行を依頼されたって――この仕事ができなければ、最悪退学になるって。

君永はマウスを動かしながら、ふっと小さく笑った。

「土下座でもすればいいさ」

なんでそんなに……軽く言えるのよ。

怖くないの？　悔しくないの？　自分が頑張って勝ち取った場所が奪われようとして、それを守るために自分を殺さないといけないのに……どうして平気でいられるの？

わからない。

どうして私は……こんなにもやもやしてるのよ。

「……あっそ。せいせいするわね」

私はどうにか、通り一遍の憎まれ口を叩くことしかできなかった。

君永はついぞ、私に言い返してくることはなかった。


日付も変わった頃になって、確定申告作業はようやく終わった。

君永は私たちにそれを告げると、その足でさっさと玄関に向かった。

「大丈夫ですか？　もう終電もありませんけど……」

心配そうな竹奈々に、君永はこともなげに言う。

「元々自転車で来てる。問題ないよ。それより僕がこの家に泊まることのほうが問題だ」

「……本当に辞めるの？」

静かに問う梅瑠に、君永は呆《あき》れ気味に唇を歪《ゆが》めた。

「半分は君が原因だぞ。無防備な姿晒《さら》しやがって。あれを見るのが仕事だとしたら、何かしらの法律が僕を許さないだろう」

『あーあ。勝手にご飯が出てくる生活、憧れてたのになあ！』

能天気な菊姉ぇに、君永は皮肉げに肩を竦《すく》めて、

「次の家事代行は、勝手に家に入れさせないことだな。また妹がケツを晒すはめになる」

玄関のドアを開けた。

そのドアが閉じ、明日になれば、私たちは再び、関わりのないクラスメイトになる。

私はクラスの人気者で。

こいつは友達のいないガリ勉で。

顔も名前も一致しない、同じ教室にいるだけの他人になる。

それでいい。

元より私が望んだことだ。家の中に男がいたら、配信中に声が入って炎上するかもしれ

ないし。梅瑠がやらかしたように、無防備な姿を見られることになるかもしれないし。今日はそんな様子を見せなかったけれど、これだけ美少女ばかりが揃《そろ》った家だ、いつか間違いが起こらないとは言い切れない。

これでいい。

その結果、こいつがどんな苦労を背負い込むことになったって――ほんの一昨日《おととい》までは、何千何万の『いいね』と同じ、見知らぬ誰かだったのだから。

「じゃあな」

その簡単な挨拶を最後に、バタンとドアが閉じた。

玄関には、もう誰も立っていなかった。

「いい資料だったんですけどねぇ」

名残惜しそうに、竹奈々が言う。

「仕方ない。男子だと色々難しいのは本当だし……」

冷静な声で、梅瑠が言う。

『わたしは関係なかったのになあ～』

白々しくも、菊姉《ねえ》が言う。

そして3人が一斉に、私のほうを見た。

菊姉ぇは立ち絵だから、見たような気がしただけだけど。

「……あーもう何よ！　私を頭が固いみたいに言って！」

「実際固いほうではないかと」

「喧嘩《けんか》するとヒステリックになるし」

「あんたたちの貞操観念がどうかしてるから代わりに言ってあげてるだけでしょ！　大体、あいつだって労働基準法ガン無視でこんな夜中まで働かされる職場、辞めたほうが賢明でしょ！」

「うーん……それで言うと、君永せんぱいって、なんでバイトなんかしてるんでしょうね？」

ことりと首を傾《かし》げて竹奈々が放った疑問に、私も首を傾げた。

「お金が必要だからでしょ？　スマホ代とか……」

「スマホ持ってないみたいですよ。昼に聞きましたけど」

「は？」

今時？　高校生が？

「必要最低限の連絡は、回線瀕死《ひんし》のガラケーでやってるらしいです。連絡先を聞いたらそう言われました」

「だったらなんでお金が必要なんだろ。ゲームも全然やってなさそうだったし……」

梅瑠も首を傾げ、私はますます疑念を深める。

友達と遊ぶお金——なんて、あの男には一番必要のないものだ。だったら校則を破ってまで、どうして……。

『そりゃあ、お家《うち》を助けるためじゃん？』

揃って首を傾げる私たち三姉妹に、菊姉ぇがさらりと言った。

私たちは一斉に菊姉ぇが映っているモニターを見る。

「菊姉ぇ……知ってんの？」

『あれ？　言わなかったっけ？　君永くんは元々児童養護施設の子で、中小企業を経営してる家に引き取られたけど、中学のときに親の会社が倒産して貧乏暮らしになって、今は家計を助けるためにバイトをしながら学費のかからない国立大学を目指してる——って』

「全然聞いてないけど⁉」

『あー……それであんなに当たり強かったんだぁ……。ごめんね？　頑張ってる苦学生に対してよくもこんなにチクチク言えるなあ、とか思ってて』

「全部あんたのせいでしょうがあ！」

なんでうちの長女はこんなにも報連相ができないんだ！

しかし、思い返してみれば、私にも心当たりがあった。君永が優等生として有名になり始めたのは、確か中等部1年の終わりから——その頃に親の会社の倒産があって、学費免除の特待生になるために猛勉強を始めたんだとしたら。

「そっか……」

閉められた玄関ドアを見ながら、梅瑠がポツリとつぶやいた。

「あの人も、わたしたちと同じだったんだ……」

そのつぶやきで、私も思い出す。

全然わからないと言いながら、それでも私の動画の労力を認めたのは――

――頑張って生きているなんて当たり前だ。

生きるのに頑張っていない人間なんてほとんどいない。

それでも、どうしようもないこの現実を、腹が立つほどままならない人生を、自分の力で満たそうとしている……その一点においては。

私たちは、同じだったんだ。

「……はあ……」

私は一つ、溜《た》め息《いき》をつく。

それから玄関で、動きやすいスニーカーに足を通した。

「空き部屋……は汚いから、布団出しといて。あとお風呂追《お》い焚《だ》き」

「了解です！」

竹奈々がビシッと敬礼し、梅瑠が静かにうなずいた。

そして、私はドアを開ける。

明日のご飯を作ってもらうために。

◆

運命を呪った記憶はあまりない。

そもそも、僕は児童養護施設の子供だった。そこに会社の跡継ぎを探していた君永の家の人たちがやってきて、僕を見つけ出してくれたのだ。

だから、それからたった2年で会社が倒産して貧乏になり、跡継ぎという存在意義も奪われ、それどころか食《く》い扶持《ぶち》を増やすだけのお荷物になったときも――拾ってもらえた感謝こそあれ、それを不幸だと思ったことはなかった。

ただ、僕は。

どうにかしなければならないと思っただけだ――自分の力で、どうにかしなければならないと思っただけだ。

僕は他人に、縋《すが》らない。

い、あの男を反面教師にして作り上げたその信念を、貫き通そうと思っただけだ。

今回も同じこと。バイトがバレたのは僕のミスだ。そのしわ寄せをあの四姉妹に押し付けるわけにはいかない。

理事長に土下座でも何でもして交渉して、特例でバイトを認めてもらうか——バイトを禁止されない高校に転校するか。

今の高校に入ったのは、まだ裕福だった頃に中等部に入学したのと、大学への進学に有利だったからだ——君永の家を助けるには、長期的に考えれば大卒の学歴は必須。逆に言えば大学に入れさえすればいいのだから、この際高校にはこだわるまい。学校の力に頼らず、自分の力だけで合格してみせればいいだけの話だ。

それだけの話だ。

「——待って！」

鋭い声に驚いて、僕は思わず振り返る。

なんとなく、自転車を押して歩いていた。夜道で危ないと思ったのかもしれない。作業で疲れていたのかもしれない。とにかくその気まぐれが、彼女をそこに立たせていた。

眠りを知らない東京の夜道。

眩《まぶ》しい街灯が照らす歩道の真ん中で。

息を切らして。

寒さに頰《ほお》を赤くして。

吉城寺蘭香が——僕の顔をまっすぐに見つめて、立っていた。

「ど……どうした？」

その顔を見て僕はもう一度驚いて、彼女に尋ねる。

「何か忘れ物でもしたか？　いやでも、財布も携帯も持ってるよな……」

「そうじゃなくてっ……」

吉城寺は胸に手を当てて息を整え、んぐっと唾を飲んでからようやく口を開く。

「なんていうか……なんていうかさ……」

「なんだ？　何が言いたい？　言いたいことがあるなら結論からスパッと言え」

「あーもう！　だから！　謝るから辞めんなって言ってんの！」

人気《ひとけ》の少ない深夜の街に、予想だにしなかった言葉が響き渡った。

「……は？」

「あんたのこと、竹奈々も梅瑠も気に入ってるみたいだし……私も理不尽に怒りすぎたなって思ってるし……。でも私のパンツ見たのはまだ怒ってるから！　あれは菊姉ぇのせいだけどそれはそれとして謝って！」

「ご、ごめん……」

勢いに押されて、思わず謝ってしまった。

本当になんなんだ？　なんでいきなり心変わりしたんだ？

「私も……ごめん」

吉城寺は深々と頭を下げて、すぐに戻す。

「あんたには、私たちの生活のことなんてわかりっこないと思ってた……。私たちはみんな、社会のレールに乗れなくて、自分勝手な生き方しかできなくて……ママも、『お前たちは好きに生きろ』なんて言って、滅多《めった》に帰ってこない……。しかも私たちも誰も、それをおかしいって思ってない……」

……違和感があると、思っていた。

あの家からは、四姉妹の生活の痕跡はいくらでも出てくるが、家主であるはずの理事長の生活の匂いがまったくしない——それはやっぱり、理事長があの家で生活していないからだったのか。

「でも、あんたも家が大変で、大人に頼らず自分の力でなんとかしようって頑張ってるのを聞いて——あー！　だからとにかく！」

照れ臭くなったのか、吉城寺はまた乱雑に言った。

「私とあんたは違う人種だし、今後もそれは変わらない！　私はあんたのことが気に入らないし、あんたもきっと私のことは気に入らない！　だけど——」

力強い輝きを秘めた瞳で、吉城寺は僕を見つめた。

「あんたは私たちの役に立つし、私たちも……少なくとも今の状況なら、あんたの役に立つ。縋《すが》るわけでも合わせるわけでもない。私たちはお互いに、自分のために、協力し合える——だから」

……協力……。

縋るわけでも、合わせるわけでもなく。

「頼りなさいよ、困ってるんでしょ？」

頼りがいのある笑みを浮かべて、吉城寺蘭香は告げた。

「私ももう、デリバリーには飽きたの」

――君子は和して同ぜず、小人は同じて和せず。

本当に賢い人間は……他者に縋るわけではなく、他者と協調する、か。

僕はほんの少しの悔しさを込めて、皮肉の笑みを浮かべる。

「着替えとかに出くわすかもしれないぞ」

「気をつけるわよ。あんたも気をつけて」

「君の配信に声が乗るかもしれない」

「それはめちゃくちゃ困る。でもまあ、それはあんたのミスでもあるわけだし――」

日本で一番有名な女子高生は、どんな動画よりも魅力的に、微笑《ほほえ》んだ。

「――炎上したら、責任とってよね？」

僕は溜め息をつくように小さく笑うと、踵《きびす》を返して、家の方角とは逆に歩き出す。

「土下座と丸刈りで済むなら、いくらでもやってやるよ」

こうして吉城寺家に一泊した僕は、朝早くにその玄関を出た。

「世話になったな。僕が世話する側のはずだったのに」

「いいわよ。私たちが頼んだ仕事のせいで遅くなっちゃったんだし」

律儀にマンションのエントランスまで見送りに来てくれた吉城寺は、「そうだ」と言って、ポケットからスマートフォンを取り出した。

「連絡先教えてよ。LINEでもインスタでもいいから。不便でしょ？」

「SNSはやってないぞ、僕は」

「は？　……LINEも？」

「携帯電話は持ってるが」

僕はポケットから中学の頃から愛用している携帯電話を取り出した。

それを見て、吉城寺は目を丸くする。

「あー……あー。そういや竹奈々が言ってたっけ、ガラケー使ってるって……」

「なかなか便利だぞ。なにせこの携帯には、メール機能が付いているんだからな！」

「誰も使わないわよ今時！」

そんなバカな……！　僕は毎日妹と、メル友（※死語。メール友達のこと）のように写メ（※死語。写真を添付したメールのこと）を送りあっているのに！

吉城寺は心底呆《あき》れ返ったかのように溜め息をつく。

「わかったわよ……。スマホは今度買ってあげる」

「いや、そこまでしてもらうわけには――それにスマホは、人の承認欲求を増幅させる、人類には早すぎるツールで――」

「私たちが不便で嫌なの！　備品としておとなしく受け取りなさい。だからとりあえず今は番号とアドレスだけ教えて」

「……わかった」

仕事に必要だと言われてしまえば是非もない。僕は口頭で自分の番号とアドレスを吉城寺に教えた。ついにこの携帯ともお別れか……。ここのところ一回操作するごとに5秒ぐらい待たないといけなくなっていたので、いずれはこのときが来ると覚悟はしていた。

吉城寺は面倒臭そうに手打ちで僕の連絡先をスマホに入力すると、なにやら怪しげなものを見るような顔をして画面を睨《にら》みつける。

「メールって、これ……既読になってもわからないの？」

「既読になるってどういうことだ？」

「この原始人は……。とにかく私の連絡にはすぐ返信すること！　スルーしたら殺すから！」

「はあ？　そんなの当たり前だろ」

「……えっ？」

なぜか意外そうに目を丸くした吉城寺に、僕は言う。

「雇用主《きみ》からの連絡を無視するような奴《やつ》がいたら、むしろ僕が殺してやるよ」

報連相は社会人のみならず、働く者すべてにとっての常識だ。そんなことも知らんのか？

「い……いや……普通は、うざいって……」

吉城寺は妙にきょろきょろと目を泳がせると、口元に手の甲を押し当てて顔を半分隠す。

朝日の加減なのか、その顔は少し赤らんでいるように見えた。

そしてぷいっとそっぽを向いたかと思うと、小さな声で吐き捨てる。

「………きっしょ」

「なんだと⁉」

雇用主とはいえそれはモラハラだぞ！

労働者として当然の主張をしようとしたそのとき、吉城寺はパチン！　と自分の頬を両手で張った。まるで表情筋を押しつぶすように。

「勘違いするんじゃないわよたかが業務連絡くらいで！　ただ毎日最低三回、即レスするくらいでイキらないでくれる⁉」

「そんなに連絡することあるのか？」

「とりあえず！　これは他のみんなにも伝えとくから！　じゃあね！」

吉城寺はくるりと背を向けて小走りに去っていく。

と思いきや、５メートルほどで立ち止まり、なぜか不服そうな顔でこちらを振り向いて、少し恥ずかしげな声で言った。

「……これから、よろしく」

なんだかよくわからんが……忙《せわ》しない奴だ。

しかしまあ挨拶ができることは評価しよう。

「ああ、こちらこそ」

吉城寺が鼻を鳴らして顔を戻し、エレベーターの中に消えるのを見送ると、僕もマンションから外に出た。

ひんやりとした朝の代官山を歩き、自分の家がある恵比寿《えびす》を目指す。今はまだ新鮮な道のりだが、いずれ慣れるときは来るのだろう。同じ学校の美人姉妹の家事代行なんて変わった仕事だが、それは今までのバイトと変わらない――

そんなことを考えながら20分ほども歩いた頃、ポケットの中の携帯電話が震えた。

早速吉城寺から連絡か？

そう思って携帯を取り出し、そして開くと――そこには。

「…………は…………？」

簡単な文章と、一枚の写真があった。

写真はおそらく、紙に現像したものをカメラで撮影したもの。薄暗くてわかりにくいが、白いテーブルに置かれた写真であることがかろうじて見て取れる。

問題は、その写真に写っているものだった。

4人の——子供。

小学校の中学年……多分そのくらいだろう。幼い子供たちが横に並んで、笑みを浮かべている。

面影があった。

左端にいるのは竹奈々。

右端にいるのは梅瑠。

真ん中右にいるのは蘭香。

そして、真ん中左にいるのは——


「…………僕か…………？」


それは僕だった。

児童養護施設にいた頃の写真を今でも持っている。間違いない。

小学生の僕が、吉城寺家の姉妹たちと一緒に写っている――
そして、写真には1行のメッセージが添えられていた。
単純で簡潔に――

『今度も、私を選んでくれるよね？』

◆

思い出はない。トラウマはない。
あれが誰だったかももう思い出せない。
ただ結果だけが――事実だけが、私の胸を焦がし、私の身体《からだ》を突き動かしている。

――私は、あのとき、選ばれなかった。

だから私は本能で知っているのだ。
イラストでもいい。動画でもいい。ゲームでもいい。声でもいい。
誰かに選ばれることでしか、この胸の穴は埋められないのだと。

私を褒めて。
私を認めて。
私を選んで。

あなたに選んでもらうために、私はこうして生きている。

第2章　声優四女・竹奈々の練習

春休みが終わり、新学期が始まった。

僕の教室での過ごし方は2年生になっても変わらない。ただ机に向かい、教科書に向かい、己を高め続ける。学校とはそういう施設だ。

代わり映えがしないといえばもう一つ、同じ教室に吉城寺蘭香《きちじょうじらんか》がいる。彼女の家に雇われて約ひと月、毎日掃除や洗濯、食事を作りに向かっているが、学校では以前とまったく変わらず、僕は友達のいないガリ勉で、彼女は誰にでも人気者のカリスマだった。

それでいい。それで何も問題はないのだが——

あの写真。

吉城寺家で働くことが本決まりになったあの日に送られてきた、一枚の写真——幼い僕と3人の姉妹が写っていたあの写真について、僕は未《いま》だ何も、情報を摑《つか》めていなかった。

写真は、姉妹に連絡先を教えた直後に送られてきた。

つまり吉城寺家の四姉妹の誰かが送ってきたものであろうことは疑いがない。だけどアドレスはフリーの適当なものだったし、返信してみてもなしのつぶてで、送り主を特定することはできそうにもなかった。

本人たちを問い詰めたりしない限りは——

もちろん僕も最初にそれを検討した。だが雇ってもらったばかりでこんな不気味な話をするのも気が引けたし、万が一あの写真が姉妹の誰でもない、謎の不審人物によるものだとしたら彼女たちを怯《おび》えさせてしまうだろう。そういうわけで僕はこの問題を一旦棚上げにしていた。

……いや……本当は、心のどこかで恐れているのかもしれない。

写真を見て、僕はこの頃のことを思い出そうとしてみた。おそらく10歳くらい——服装から考えて季節は夏だろう。当時の僕は児童養護施設から小学校に通っていて、今とは違って学校で遊ぶ友達がたくさんいた。彼らの顔や名前も思い出せる……。

だけど、写真に一緒に写っている彼女たちのことは、まったく思い出せなかった。

まるで僕の知らない僕が、思い出してはならないと警告しているかのように——

一体この写真はいつ、どこで撮られたもので、僕はなぜそのことを覚えていないのか？興味と同じくらいに、知ってしまうことへの恐れが、僕に二の足を踏ませているのだった……。

まあ、そう焦ることはない。あの写真の送り主について詳しいことはまるで不明だが、一つだけはっきりしていることがある。

あんな昔の写真を後生大事に保存していること……『選んでくれるよね』というメッセージ……間違いない。

写真の送り主は、僕に並々ならぬ恋心を抱いている！

その手の話に疎い僕でも、無視できないほどの感情だ……。あの写真に写っていた姉妹……菊莉《きくり》を除く3人の誰かが、何も知らないふりをしてこの僕に恋を！

「……ふっ」

「……あいつ、なんか笑ってね？」「見るな見るな……」

おっと。

危ない危ない。あまりの微笑《ほほえ》ましさに口元を緩めてしまった。そう、微笑ましいだけだ。優越感に浸るなどという愚か者の罪業に、この僕が飲まれるはずもない。

とにかく何が大事かと言うと、僕が何をしなくとも、あちら側から何かしらのアプローチがあるはずだということだ。

なにせ連絡先を知った途端に、あんなメールを送りつけてきたくらいだ……。家事代行として密接に日々を過ごしていたら、何もせずにはいられないに決まっている！

——と考えて、すでに1ヶ月が経《た》っていた。

おかしい……。どういうつもりだ？　あんなメールを送っておいて音沙汰なしとは……。

いや、期待していたわけじゃないぞ。ただわからないことを放置しておけない性分なだけだ。本当だぞ。

かくして、家事代行の仕事にもすっかり慣れた4月——新しいクラス特有の、探り合うようなざわめきの中で、特に僕の耳についた会話があった。

「なあなあ。上野《うえの》ちななって生で見たことあるか？」

竹奈々《ちなな》？ ……でも、上野？

人は雑音の中からでも、自分の知っている単語を自動的に拾って聞いてしまうという。

勉強に集中していた僕はその男子たちの会話に自然と意識を引っ張られた。

「あるよ、あるある！ 中等部の頃、まだ『リューディア』やってる頃にさ！ その時点でもうすでに、すれ違っただけで目に焼きつくレベルの美少女だったなー！」

「マジかよ！ 羨ましい！ 俺、ウチの中等部にいるって知ったの最近でさー」

「おっくれてんなーお前！ あの頃あんなに話題になったのにさ！ 『リューディア』の後はちょい役ばっかだけど、可愛《かわい》い・上手《うま》い・可愛いの三拍子！ 絶対もっとブレイクするぜ！」

「二拍子じゃねえか！」

「ふたり分の可愛さなんだよ！」

ガハハと笑い声が重なる。

どこにでもある声優オタク同士の会話だが、知り合いの名前が交ざっているとまた違って聞こえてくるものだ。

あいつ……主演になったことはまだないと言っていたが、こんなに噂《うわさ》されてるのか。同じ学校というバイアスがかかっているとはいえ、これは並大抵の注目度じゃないんじゃないかって気がした。

可愛い・上手い・可愛いの三拍子、ねえ……。

本当にそれだけのアイドル声優だったら、むしろ僕も楽だったんだが。


「喘《あえ》ぎ声って出したことありますか？」

竹奈々の発言に、蘭香が飲んでいたお茶を吹き出した。

僕の作った料理を姉妹全員で食べ終え（菊莉はモニターの中にいたが）、食後の弛緩《しかん》した空気が流れているときだった。その空気を引きちぎるかのように、竹奈々が唐突に爆弾発言を投下したのだった。さすがの僕も洗い物をする手が止まった。

「あ、あえっ、喘ぎ声って……！　竹奈々あんたまさか……っ！」

「まさか、って何ですか？　……あ、なるほど」

竹奈々は急に身体をくねくねさせ始めたかと思うと、

「そうなんです。君永《きみなが》せんぱいをもっと満足させたくってぇ……チラッ」

「君永っ！　あんたたった1ヶ月でっ……！」

「何の話だいきなり！」

僕は食器を食洗機に突っ込みながら叫ぶ。蘭香は構わずに腰を浮かせるが、その手を三女の梅瑠《める》が引っ張った。

「落ち着いて、蘭姉《らんね》ぇ。多分演技の話」

「……え、演技？」

蘭香は虚を突かれた顔をして目を瞬《しばたた》く。

竹奈々はてへぺろとあざとく笑った。

「当たり前じゃないですか。何だと思ったんですか？　蘭姉ぇは」

蘭香はまさにぐぬぬという擬音が当てはまる顔で唇を引き結び、浮かせた腰を下ろす。

それから憤然とした表情で頬杖《ほおづえ》をついた。

「それはそれで問題でしょ！　竹奈々……あんたエロいアニメ出るの？」

「いやいや一般ですよ一般。あたし中学生ですし。ただちょっと担当するキャラがエッチな声を出すだけです」

「それがおかしいでしょって言ってんの！　あんた変な売り出し方されてるんじゃないでしょうね！　もしそうだったらすぐに言いなさい！　事務所炎上させてやるから！」

「別におかしくなんかないですよ。色っぽい演技をするのだって声優の立派な仕事です。誰でも知ってる有名な声優さんだってデビュー作では喘ぎまくってたりするんですよ？」

「でも……！」

『子供みたいなこと言うなよぅ、蘭香ぁ』

モニターの中の金髪女子高生イラストが、気の抜けた声で言う。

『18禁の作品に出るわけじゃあるまいしさぁ、ちょっと喘ぐくらいでピーピー言うなって～。クリスマスに声優のブログを監視するオタクか、お前は』

「私は可愛い妹が男の薄汚い欲望に晒《さら》されるのが嫌なだけよ！」

『どうせちょい役でしょ？　心配しなくたって、せいぜいそれを聞いたクラスメイトの男子が性癖歪《ゆが》まされるくらいのことだって～』

「それがダメだって言ってんでしょうがぁ！」

「考えてませんでしたけど、人の人生にあたしの演技が一生刻みつけられると思うと、声優冥利に尽きますねぇ」

「なんで本人ノリノリなのよ……！」

頭を抱える蘭香に、梅瑠が静かに言う。

「竹奈々はもうプロ。わたしたちは素人。口を挟むことじゃない。それに、変なことやらされそうになってたら、お母さんから圧がかかるはずだし」

「それは……確かに、そうか……」

圧って。どういう権力を持ってんだ、ウチの学校の理事長は。

僕は空になったエサ皿を丸まった猫――ハナサカのそばから回収しながら、

「それで、結局何の話なんだよ」

とツッコミを入れた。

普段は家事代行として身をわきまえた振る舞いを心がけているが、あまりにも話が遅々として進まないので思わず話題に入ってしまった。

竹奈々はパチンと手を叩《たた》いて、

「そうですそうです。とにかく今度やる役にそういう声を出すシーンがあるんですけど、あいにく今までの人生で喘ぎ声を出す機会に恵まれなかったので、どうしたものか困っているんですよ。なので、誰か知っている人にご教示願おうかな、と」

「知っている……人？」

蘭香は梅瑠と顔を見合わせた。

かたや男嫌いを盛大にこじらせた人気配信者。かたや日が沈んでから目を覚まし、それから寝るまでずっとパソコンの前にいるプロゲーマー。

僕でもわかる。そんな経験のある奴《やつ》なんているわけがなかった。

明らかなはずだが、姉妹はなぜか剣豪のような緊迫感を漲《みなぎ》らせ始めた。

「……やっぱり蘭姉ぇじゃない？　学校でモテモテなんでしょ？」

「私の性格知ってて言ってんの？　あんたこそFPSって男所帯じゃない。モテるんじゃないの？」

「今時は女の子もいっぱいいるし。配信外で話すことなんてほとんどないよ」

『っていうか、別に男の子相手じゃなくてもよくな～い？』

画面の中の長女が、からかうような調子で話を混ぜ返してきた。

『ふたりとも女の子は周りにいっぱいいるんだしさ～。あるでしょ？　女子高的な、こう……「あんた前よりでかくなった？」「きゃーっ！」みたいなさ！　げへへ』

「あるわけないでしょうが！」

「………………………」

「……え？　梅瑠？」

「あ、わたしはない。わたしは」

自分は無関係であることをことさらに強調する女性プロゲーマー。これはこの1ヶ月のうちに知ったことだが、彼女が所属しているチームは全員女性らしい。

『そもそもそんなまどろっこしい牽制《けんせい》し合わなくてもさぁ、とりあえず乳でも揉《も》めよ、喘ぎ声が聞きたいなら！』

「その手がありましたか」

竹奈々はポンと手のひらに拳を打った。

僕はさすがに口を挟む。

「おいおい待て待て。ここに異性がいることを忘れてないだろうな」

「なるほど！　男の人に揉んでもらったほうがよりリアルになりますね！」

「違う！」

こいつは姉妹の貞操をなんだと思ってるんだ。

蘭香は頰をヒクつかせて、

「あんたねぇ、私が胸なんか男に触らせると思う？　そもそも声なんか出ないわよ。そんな孤高ぶった陰キャに触られたところで」

「おい。とばっちりで人を罵倒するな」

「梅瑠！　あんたも君永に触られるなんて無理でしょ？」

「うーん……」

梅瑠は首を傾《かし》げると、５秒ほど僕の顔を見つめて、それから５秒ほど自分の胸元を見下ろして、さらに５秒ほどその豊かな膨らみを自分で揉みしだいた。

そして言う。

「……まあ、無理」

「真剣に検討しないでいいのよ！」

「むやみに僕が拒絶されるばっかりなんだが⁉」

それが当然だとわかっているとはいえ、多少は傷つくぞ。

いたずらにダメージを受けていく僕らをよそに、言い出しっぺのバーチャル長女は『そもそもさぁ』とまた話題をひっくり返した。何回そもそもする気だ。

『そんなにひどいの？　竹奈々の演技。何でも器用にこなすタイプだと思ってたけどなー』

「我ながら終わってますよ。先生にも『萎えた』って言われました」

「あんたの先生って確か女性よね……？」

「『海外のＡＶのほうがまだいける』とも言ってましたね」

「本当に女性よね⁉」

「じゃあ、とりあえずやってみて」

梅瑠が平坦《へいたん》な調子で言った。

「本当に取材が必要かどうか、聞いてみないとわからないし」

「むー……不完全な演技を人に聞かせるのは憚《はばか》られるんですが、仕方ないですね」

『やれやれーい！』

画面の中にいるからって全部他人事《ひとごと》だなこの長女は。

実演する流れになったのを見て、蘭香が腰を浮かせる。

「ちょっと待って？　やるのはいいけど、そこに男が――」

「じゃあ行きまーす」

「ちょっ……！」

蘭香が僕を追い出すよりも、僕が自分で耳を塞ぐよりも早く、竹奈々はお腹《なか》に手を当てて喘ぎ始めた。

「――あっああ～～～～～～～ん」

「「『……………………』」」

「――おっおお～～～～～～～ん」

「「『……………………』」」

「――いっいいぃ～～～～～～～ん」

「「『……………………』」」

沈黙に支配されたリビングで、若手最注目の天才中学生声優は、濁り一つない透明感のある声で言う。

「どうですか？」

「「『………萎えた………』」」

狼《おおかみ》の遠吠《とおぼ》えと狼の遠吠えと馬の嘶《いなな》きだった。

これはなんとかしなければならない。彼女のこれからのキャリアのために。

「第1回！　吉城寺家喘《あえ》ぎ声選手権〜！」

手に見えないマイクを握った竹奈々によって、ついにそのイベントは開始された。

ソファーの上でげんなりとする蘭香と梅瑠、そしてLive2D ゆえ細かい表情が読み取れない菊莉の前で、竹奈々はニコニコしながら隣の僕に見えないマイクを向けてくる。

「審査員は君永織見《しきみ》さんです！　よろしくお願いしまーす！」

「よろしくお願いします」

僕は小さく頭を下げる。

そんな僕の様子を見て、蘭香がイライラと声をあげた。

「なんであんたは乗り気なのよ……！」

「彼女が会得しようとしている演技は男性視聴者をターゲットとしたものだろう。この場に男性が僕しかいない以上、僕の評価を基準とする他にはない」

「こんな状況で真面目に喋《しゃべ》るな！　そんなこと言って、私たちのあ……声が聞きたいだけなんじゃないの!?」

「ふっ……聞きたくなるような声を出してから言ってもらおうか」

「ぐううう……！　評論家気取りのエアプが一番ムカつく……！」

「同感」

梅瑠が静かに同意した。それでも彼女たちが逃げようとしないのは、妹に協力してあげたい気持ちが本当にあるからなんだろう。

僕とて同じことだ。もはや家事代行の仕事からは完全に外れているが、僕にしかできないことがある以上、謹んで全うするが道理。

この広いリビングでただひとり、ひたすら楽しそうな竹奈々が、とててっとフローリングを小走りに移動し、蘭香のそばに立つ。

「それではこれから、姉さんたちに順番に喘いでもらいます！　君永せんぱいは、そのエロさを10点満点で評価してください！」

「心得た」

「では元気よく喘いでいきましょう！」

そして都心の地上30階に、うら若き女子高生たちの嬌声《きょうせい》が響き始めた。


「エントリーナンバー1番！　蘭姉《ね》ぇ！」

「あ〜んあ〜ん……あ、またこのアンチだ」

「エゴサするな！　0点！」

「エントリーナンバー2番！　梅瑠姉ぇ！」

「あんあんあんちあんち安地安地安地安地」

「トーンがゲーム中の報告！　0点！」

「エントリーナンバー3番！　菊姉《きく》ぇ！」

『アン、アン、アン♪　とっても大好き〜♪』

「ふ〜ざけ〜るな〜♪　マイナス10点！」


猫のハナサカがふあーっとあくびをする。

竹奈々が溜《た》め息《いき》をついて首を横に振った。

「やれやれ……。姉さんたちったら、色気の一つもないですね。これじゃあ恵まれた容姿が泣いてますよ」

「「お前が言うな」」

まあ予想はしていたが、誰一人真面目にやらなかった。

普通は人前であられもない声を出すのは憚られるものだし、いきなりやれと言われても難しいものだ。あくまで演技としてなんとも思っていないらしい竹奈々のほうがおかしいのだ。

竹奈々はぽすんと僕の隣に座ると、自分の膝に頬杖《ほおづえ》をつく。

「せんぱい、なんとかしてくださいよ。この枯れた姉たちを発情させてやってください」

「それができるんなら君にやるのが一番手っ取り早いだろうが」

「んん？　挑戦してみます？」

僕のほうに流し目を送って、竹奈々は悪戯《いたずら》な笑みを浮かべる。

「それで済むんならいいですよ？　せんぱいの手で竹奈々を女の子にしてください♥」

「……君なあ……冗談でも滅多なことは言うもんじゃゃ――」

「君永」

唐突に梅瑠の声に呼ばれて、僕はそちらを見た。

梅瑠は竹奈々を指差して、言う。

「押し倒せ」

「……は？」

「わたしはそろそろゲームがしたい」

…………さっさと済ませろということらしい。

繰り返すが、こいつらは姉妹の貞操を何だと思ってんだ？

「ちょっと梅瑠。そんなこと言ってこのバカが本気にしたら――」

『そうだー！　やれやれーい！』

画面の中の菊莉が囃《はや》し立てて、蘭香がそれに気を取られた瞬間だった。

竹奈々が白い手を伸ばしてきたかと思うと、ぐいっと僕のシャツの襟を引っ張った。

僕が慌ててソファーの肘掛けに手をついて身体《からだ》を支えたときには、すでに竹奈々の小柄な身体が、僕の身体の下に収まっていた。

「……冗談を言ったつもりはありませんよ？」

つぶらな瞳が上目遣いで言う。

「せんぱいのことは本当に信用してるんです……。頼りがいがありますし、紳士的ですし……それに、ちょっとかっこいいですし？」

細い喉を小さく鳴らして、竹奈々は密《ひそ》やかに笑う。

その下にある鎖骨のくぼみや、服越しでもわかる控えめな膨らみ、それに肩にずれたシャツの襟から覗《のぞ》く白いブラジャーの肩紐《かたひも》が、否応《いやおう》なしに視界に飛び込んでくる。その華奢《きゃしゃ》さ、柔らかな曲線、男にはないものを認識するたび、どうしようもなく思考が白く染まっていった。

「もし恋をするのなら、せんぱいみたいな人がいいなーって……ダメ、ですか？」

清純で、だけど蠱惑的《こわくてき》で。

あどけなくも完成されたこの少女のことをこそ、そう、人は美少女と呼ぶのだろう。

まあ、僕には妹がいるから、この程度で惑わされたりはしないが――

「どうですか、せんぱい？　竹奈々ちゃんがドル売りされて、うるさいファンに囲われちやう前に——」

竹奈々はそっと僕の頬に手を伸ばして、内緒話のように囁《ささや》いた。

「（——今のうちに、唾つけときませんか？）」

……………、……………………、………………………………………。

「いつまでやったるぁぁ————っ!!」

頭の中がどろりと甘く溶けた瞬間、巻き舌の利いた怒声が意識をぶっ叩《たた》いてきた。

はっと我を取り戻した直後、顔面にクッションが猛烈な勢いで激突する。

「おぶっ!?」

僕は竹奈々から引き剝がされるようにして床に転げ落ち、直後、お腹を何者かのお尻に押し潰された。

「このむっつりスケベ……！　1ヶ月何事もなかったかと思ったら、やっぱりか！」

蘭香が僕のお腹の上に馬乗りになっていた。

彼女は軽蔑しきった目で僕を見下ろしながら、

「あんた、今完全に落ちかけてたでしょ……！　わかるのよ！　男の気色の悪い欲望の視線はね！」

「い、いや、そんなことは……！」

……はっきりとは否定できなかった。

他に誰もいない空間だったらどうなっていたか……正直断言できない。初めての感覚だった——この僕から思考を奪い取るとは！

「今のは竹奈々の演技を褒めるべきだ！　喘《あえ》ぎ声以外はまさに完璧——」

「評論するな！　きしょいきしょいきしょいきしょい！」

バンバンバン！　とクッションを幾度となく振り下ろしてくる蘭香。拳ではないだけ優しいと思うべきだろうが、このままでは危ない——クッションが破れてしまう！

「ま、待て！　一旦落ち着いて……！」

降り注ぐクッションの連打の中、僕はもがくようにして手を伸ばし——

そして、掴《つか》んだ。

何を？

わからない。

ただ——むにゅり、と。

指が沈んでいくような、柔らかな感触だけがあって。

そして、聞こえた。

甲高く、甘やかな、喉の奥からこぼれたような——

「んゃあんっ」

――喘《あえ》ぎ声が。

クッションの連打が途切れる。

取り戻された視界に、真実が映る。

蘭香の乳房を鷲摑《わしづか》みにした僕の左手と。

身体を硬直させ、時間差でゆっくりと羞恥に染まっていく、蘭香の表情と。

それらを傍《はた》から見物して、感心したような顔をしている姉妹たちが。

一瞬の沈黙の後――吹き抜けのリビングに、声が重なる。

「「『おお～……』」」

「感心するな！」

ぱちぱちぱち、という拍手が起こった後、ズボゴン！　とひときわ強い力で、僕の顔にクッションが叩き込まれた。

手のひらから柔らかい感触が離れていく中、僕の脳裏によぎったのは、しかしそのことではなかった。

竹奈々の誘惑……あれは果たして、本当にただの演技だったのか？

普通なら経験の浅い思春期の痛い勘違いでしかない。しかし、同時に思い出されるあの写真が、はっきりとそうだとは言い切れなくさせていた。

「上野ちななについて教えてほしい？」

翌日の昼休み。いつものように学食の窓際の席に座り、中庭を行き交う女子高生たちを鑑賞していた三鷹松葉《みたかまつば》は、僕の質問に小首を傾《かし》げた。

「なんだい、やぶから棒に。声優オタクにでも目覚めたのかい？」

「そういうわけじゃない。吉城寺家でバイトし始めてもう1ヶ月経《た》つが、考えてみれば僕はあの四姉妹の世間での顔について全然知らないなと思ってさ。今更ながらに、何か失礼があったらまずいと思い直したんだよ」

僕は用意してきた説明を諳《そら》んずる。

本当の理由は話せない。吉城寺竹奈々が僕に謎の写真を送りつけてきた犯人かもしれない、なんてことはな――だから、まずは仕事の話から徐々に彼女の内面に切り込んでいこうというわけだ。

相談相手は、僕のバイトのことを知る人間が家族以外には三鷹しかいないため、他に選択肢はなかった。決して普段会話をする相手がこいつしかいないわけではない。

「ふうん……。殊勝な考えだけれど、それならネットでも見たほうが早いんじゃないかな。スマホを支給されたって言ってなかったかい？」

「表面的な情報だけ仕入れてもな。その点、君の女子への洞察力はなかなかのものだ。良くも悪くも」

「良いばかりだとも。私の可愛《かわい》い女子への愛情は留《とど》まるところを知らない」

「不細工はどうでもいいみたいだな」

「愛の形が違うんだよ」

ルッキズムだ。欲望に正直な奴《やつ》め。

「とはいえ、君子《くんし》くん、君という奴は、ここのところ私と会うと女の話ばかりだな。ちょっと妬《や》けてしまうよ？」

「前も言ったが、代わってもらえるなら代わってほしいくらいだよ。あの家のバイトは」

「私が女として吉城寺家の四姉妹にやきもちを焼いているという可能性を、少しは考慮してほしかったな」

「気持ち悪いことを言うなよ。君を女子だと思ったことはない」

「ふーん……」

意味深な流し目を送ってきたかと思うと、三鷹は唐突に僕の肩を摑んだ。

驚く間もなく、三鷹は椅子から身を乗り出すようにして僕の耳元に口を寄せる。

「(それじゃあ、こんな風に近づいてもなんとも思わないんだね？)」

「っうおいっ……！」

僕はビクッと身体《からだ》をはねさせて三鷹を振り払う。

身を離した三鷹はくすくすと、どこか色っぽい笑みをこぼした。

「どうしたのかな、君子くん？　まさかドキドキしたわけじゃないよね？　私を女子だと思ったことはないんだものね？」

……さっきのは僕なりに、最大限の親愛を込めたつもりだったんだが、こいつにもこいつなりに女子のプライドってものがあったらしい。

だったら、学食の窓際に陣取って女子高生を眺める、この変態的なライフワークをやめてほしいもんだけどな。

「……話を戻すぞ」

「どうぞどうぞ。声優・上野ちななについてだったよね？」

どこか満足そうな調子で、三鷹は言う。

「上野ちななといえば、やっぱり『命詩《いのちうた》のリューディア』の話は外せないね」

「アニメか？」

「彼女のデビュー作だよ。アニメ化前から500万部は出てた超有名漫画で、当然アニメも社会現象レベルにヒットした——というか知らないのかい？　どんな空間で生きているんだ、君は」

「恵比寿《えびす》のアパートだが」

　家にテレビはあるが、僕はアニメを見ない。

「まあ君の浮世離れは今に始まった話じゃないか……。とにかくそのアニメで、上野ちなは非常に重要なキャラを演じてね。出番こそ少なかったものの、演じているのがたった13歳の少女だってことでかなり話題になったんだ。なにせ当時中1とはとても思えない、恐ろしく繊細な演技だったからね――声だけ聞いたんじゃ年齢はとてもわからない」

「ふーん……。どんな界隈《かいわい》でも話題になるもんなんだな、若さっていうのは」

「わかりやすい才能の証明だからね」

　と、三鷹は少しトゲがある風に言った。

「それで彼女は一躍時の人になった。でもその後はほとんどがモブ役で、役には恵まれていないね――それでも、同じようなキャリアの若手声優に比べたらファンはずっと多いけれど。Ｌａｎｃａの配信にもちょくちょく顔を出すしね」

　Ｌａｎｃａ――蘭香のハンドルネームか。

「本人もブレイク前夜って言ってたっけな……。でも、そんなに話題になったんなら、その後もいい役が舞い込むものなんじゃないのか？」

「あのね、君子くん。声優というものは、一つ役を獲得するためにいちいちオーディションに出て、新人もベテランもごちゃごちゃになった数十人の中から選ばれなきゃいけないんだよ。3ヶ月《1クール》ごとに就活をしてるようなものだ。有名になったから勝手に役が舞い込むなんてことはないんだよ、基本は」

「実力主義ってことか。だったら、あるほうなんじゃないのか、竹奈々は？」

「それは……そうだろうけど」

三鷹は少し口ごもりながら、セルフサービスの水が入ったコップをカランコロンと揺らす。

「何事も、上手《うま》くいく時期といかない時期がある。実力さえあれば絶対勝てるなんて、昔のジャンプ漫画みたいな世界観じゃないんだよ、現実は」

「時期が悪いって？　それが今の竹奈々がいまいちぱっとしない理由だって言うのか？」

「人が濁したことをずけずけと言うね、君は。ノンデリって言われない？」

言われる。

「素人目にはそうとしか思えないって話さ。声変わりをしたって感じでもないし、若さが生み出す勢いや感性みたいなものが薄まったとも思わない。だったら後は、星の巡りが悪いとしか考えられないだろう。……本人はどう思ってるかわからないけどね」

竹奈々本人の様子としては、今の自分の状況について思い悩んでいるようには見えない。

しかし、今の話を聞くと……とても能天気で過ごしてはいられないような気がする。

ただ上手くいかないだけではないのだ。

極めて上手くいった過去が、実績が、今の彼女にはのしかかっているはずなのだ。

——今の自分より、過去の自分のほうが価値があったかもしれない。

そう思わされる現実に、本当に彼女は何も思わないでいられるのか……。

……素人がどれだけ考えを巡らせたところで、杞憂《きゆう》に過ぎない話ではあるが。

しかし、だとしたら、だ。

小学生の頃の写真を僕に送りつけて何事かを企《たくら》む余裕なんて、彼女にあるのだろうか？

考えに沈む僕の横で、三鷹は朗らかに笑いながら言う。

「いちファンとしては、彼女がヒロインを演じる日を待ち続けるばかりだけどね。エッチなシーンがあったらなおいいなあ」

今あいつ、喘ぎ声の練習してるぞ。

というのは、僕の胸の内に秘めておいた。

ぜひ性癖を歪《ゆが》ませてくれ。


家事代行の仕事は平日の場合、学校が終わり次第始まり、夜は8時頃に終わる。1日につき大体4時間といったところか。あの四姉妹の家事能力の低さは筆舌に尽くしがたく、週に一度休みが取れるかどうかという労働環境だが、昼間の授業に比べたら集中しなくていい分、むしろ楽だとさえ言えた。

そして今日も僕は授業を終えて、代官山《だいかんやま》のタワマンを訪れる。

仕事内容が日によって変わることはほとんどない。しかし今日の僕は、一つの目的を持って地上30階の銀色の塔を見上げていた。

三鷹から話を聞いた限りでは、竹奈々は少し特殊な状況に置かれた若手声優だということしかわからなかった。

しかし――

――今度も、私を選んでくれるよね？

あの写真と、意味深なメッセージ……。メールの送り主が僕に対して何らかの感情を抱いているのは明らかだ。そして今のところ、その感情を覗《のぞ》かせる行動をしているのは竹奈々だけなのだ。

もちろん、竹奈々がマセたからかい方をしてくるのはいつものことである。しかしそれにしたってあそこまで踏み込んでくるものだろうか。もしあの場に他の姉妹がいなかったら、どうなるかわかったものじゃなかったのに――いくらなんでも、彼女は僕に気を許しすぎな気がする。

いつだかに聞いた妹の言葉を思い出す。

『あのねえ、織見くん。そもそも女の子ってのは、デフォルトで男のことがほんのり嫌いなの！　それはセキュリティ上自然なことなんだよ！　だから女の子には優しくしてあげないとダメ！』

僕が男女平等を主張して喧嘩《けんか》になりかけたときに言われた言葉だ。基本的にアホな妹だが、たまには芯を食ったことを言う。確かにセキュリティ上、女性はすべての男性に対してデフォルトで警戒心を持っているくらいでちょうどいい――それで言うと、竹奈々は明らかにセキュリティを解き過ぎである。

僕のことが……好きでもない限りは。

…………………………。

的外れだったら死ぬほど恥ずかしい思考だが、そう考えると辻褄《つじつま》が合うのだ。

竹奈々があの写真の送り主だったら、あの距離の近さも納得がいく――

中等部は高等部に比べて授業が短いので、放課後すぐに吉城寺家に向かうと、竹奈々だけがいることが多い（正確には菊莉も梅瑠もいるのだが、前者は部屋から出てこず、後者はまだ寝ている）。蘭香が教室でだべったり、寄り道をしている今がチャンスだ。

直接、探りを入れてみよう。

『君、もしかして僕のことが好きなんじゃないか？』と。

……………………。

はっきり言葉にしてみたらできる自信がなくなってきたが、とにかく今は行くしかない。

いつものようにロビーで部屋番号を入力し、菊莉に鍵を開けてもらった。

エレベーターで最上階まで上がり、内廊下に一つきりのドアを開ける。

真っ赤な東京タワーを望む広いリビングには、誰の姿もなかった。壁に設けられたキャットウォークを、猫のハナサカがしゃなりしゃなりと歩いているだけだ。

とりあえずいつものように、キッチンに入って冷蔵庫の中を確認。夕飯の食材が足りなければ買い出しに行かねばならないところだが、どうやらその心配はなさそうだった。

となると、次は洗濯物をチェックするか。

リビングから階段を上がり、吹き抜けの2階部分に移動。階段からすぐ目の前にあるのがバスルームにも繋《つな》がる洗面室である。

洗濯機は1階のキッチンの脇にあるユーティリティルームという部屋にあるんだが、あいつらは揃《そろ》いも揃って脱いだ服を洗面室に放置する。だから僕は出勤するといつも真っ先にここに向かい、脱ぎ散らかされた服を回収して1階に運んでいた。まあ、わざわざ1階に運ぶのが面倒なのはわかるけどさ。

今日も仕事が始まるな、という感覚を覚えながら、僕は洗面室のドアを開けた。

「…………えっ？」

洗面室には、竹奈々がいた。

背中に手を回し、薄青色のブラジャーのホックを留めようとしているところだった。

風呂上がりだったんだろう。華奢《きゃしゃ》な肩やすらりとした太もも、あどけない頬《ほお》がうっすらと朱に染まっている。まだ中学3年とはいえ細い奴《やつ》だな。腰の辺りなんてどこに内臓が入っているのかわからないくらいだ。今度ちゃんと肉がつきそうな献立を考えてやるか。

だが、今は洗濯物だ。

僕は軽く手を挙げて言った。

「おう、悪い」

「あ、こちらこそ」

僕は軽く頭を下げた竹奈々の横を通り、洗濯かごの前に行く。また一緒くたに入れてやがる。素材ごとに分けろって何度言ってもわからないな、まったく。

「——いやリアクション!!」

急に竹奈々が大声を出したので、僕はびっくりして振り返った。

「な、なんだ、急に」

「リアクションが薄すぎますよ！　見てください、下着なんですけど！　エッチなんですけど！　ラッキースケベなんですけど！　思春期どこにやったんですか!?」

バスタオルを胸にかき寄せながら言い募る竹奈々。なんだそんなことか。

「梅瑠に怒られたんでな、プロとしてこのくらいで動揺するなと。最近ようやく、梅瑠が目の前で服を脱ぎ出しても反応しないようになったんだ」

「そんなの梅瑠姉《ね》ぇだけですよ！」

「案ずるな。僕もこういうのは妹で慣れている。気にせずいつも通り過ごしてくれ」

「ボクが慣れてないって言ってるんです！」

「………ボク？」

聞き慣れない一人称に、僕は思わず聞き返した。

すると竹奈々はハッとして、両手に摑《つか》んでいるバスタオルを口元に当てる。

「しまっ……つい……」

「……ははーん」

僕には竹奈々と同じ年頃の妹がいる。

その経験から言うと、この年頃の女子は、一人称がコロコロ変わることがある。その些《さ》細《さい》な言葉の使い方で、ささやかな個性を自分に与えようとしているのだ。

「そうか……。君はそっちだったか。僕の妹も少しの間だが、一人称が『俺』だったことがある。懐かしいものだな……」

「も、もうやめましたから！　卒業しましたから！　ボクっ娘《こ》なんて！　だから忘れてください〜〜〜っ!!」

裸を見られたときよりも顔を真っ赤にして、竹奈々はその場にうずくまったのだった。

「……お待たせしました」

洗面室前の廊下に座ってしばらく待っていると、ふわふわしたブラウスと健康的なショートパンツに身を包んだ竹奈々が、ドアの隙間から顔を出してきた。

なんだか不機嫌そうというか、すねたような顔だ。喧嘩した翌朝の妹の顔がこんな風だったな、と僕は思い出す。

「『ボク』をそんなに恥ずかしがることはないだろう。僕と同じだぞ？」

「性別の違い無視するのやめてください。竹奈々ちゃんは女の子なんです」

「むしろ『竹奈々ちゃん』っていう一人称のほうがどうかと思うけどな」

「デリカシーどこに捨ててきたんですか!?　ボクっ娘をやめようとしたらこうなっちゃったんです！」

なるほど……。そういえば、妹も『俺』をやめた後、しばらく『自分』だった時期があったな……。自衛官みたいだった。

竹奈々は洗面室から完全に出てくると、パタンとドアを閉じて、そのドアを塞ぐようにして背中をもたせかける。僕はその中に用があるんだが。

「というか……ショックなんですけど。結構。裸見られたのに……」

「申し訳なかったと思ってるよ。確かによく考えてみたら、梅瑠みたいな人間性を限界まで削《そ》ぎ落とした修行僧と君を一緒にするべきじゃなかった」

「いや、そこまでは言ってませんけど」

洗面室のドアを背中で押さえたまま、竹奈々はずりっと僕の隣に座り込む。

「梅瑠姉ぇはマシなほうなんですよ、あれでも」

「マシ？　あの知恵の実を食べる前のアダムとイブみたいな奴が？」

「裸族がいますからね、ウチには」

らぞく……？　裸の族？

「まさか……蘭香の奴が……!?」

「違います。菊姉ぇですよ。せんぱいはまだ会ったことないと思いますけど、菊姉ぇは部屋の中ではずっと裸なんです。ゲームしてるときも絵を描いてるときも配信してるときも、もちろん画面越しにせんぱいと話してるときもです」

家事代行を始めてもう1ヶ月が経《た》っているが、菊莉とは未《いま》だに一度も直接顔を合わせたことがない。僕はもう完全に画面の中で動いているあの金髪の少女を菊莉の顔だと思っている。

「部屋から出てこないと思ったらそんな事情があったのか……」

「部屋から出てこないのは単に面倒だからだと思いますけど」

竹奈々は膝を抱えて、横から僕の顔を覗《のぞ》き込んでくる。

「というか、本当に動揺しないんですね？　今の話、健全な男子高校生ならドキドキするところだと思うんですけど」

「ここにいるのは男子高校生じゃない。ただの家事代行だ。でなければ女子だけが住んでいる家に出入りしていいわけないだろう」

「ふーん……」

意味ありげな相槌《あいづち》を打つと、竹奈々はこれまた意味ありげににやっと笑って、ポケットからスマートフォンを取り出した。

「実はですね、こんな早い時間からお風呂に入っていたのは、ちょっと運動をしてたからなんですよ」

「運動？」

「軽くその辺を一回り。これを録《と》ろうと思って」

そう言うと、竹奈々は不意にスマホを僕の耳に押し当ててきた。

耳に、音が――いや、声が流れ込んでくる。

『――んっ……はあ、はぁ……ふう……んくっ……』

それはどこか悩ましげな途切れ途切れの吐息。透明感のある声の響きからして間違いなく竹奈々のもの。耳の穴に流し込まれる湿り気のある声は、決してそういうものではないとわかってはいても、どうしようもなく色気のようなものを感じてしまう。

そもそも、妹以外の吐息をこんな耳元で聞くことなんてない。

知らず知らずのうちに、自分の鼓動が速くなっているのを感じていた。

「——さっき、ショックだって言ったのはですね」

スマホが耳から離され、入れ替わりに、竹奈々の顔が間近で悪戯《いたずら》っぽく笑っていた。

「竹奈々ちゃんの裸を見ても、せんぱいがちっともドキドキしてくれなかったのがショックだったんです。女の子にもプライドっていうものがあるんですよ？　一応美少女として通っている者としては、下着姿までサービスしたのにノーリアクションっていうのは沽券《こけん》に関わるわけです」

でも、と竹奈々はスマホを口元に当ててくすくすと笑う。

「ただの家事代行も、ちゃんと思春期してるんですね？」

「……うるさい」

ようやくそれだけ言い返すと、竹奈々はさらにくすくすと楽しげに笑った。

僕は分が悪いと見て、「あー」と意味のない声を発してから話題を変える。

「息切れの声か。考えたな。それで喘《あえ》ぎ声問題は解決か？」

「いやー、ちょっと違うんですよねー。必要なのはもっとファンタジーというか……昨日《きのう》の蘭姉ぇのやつはかなりいい線いってました。自分で再現するとなるとこれがまた難しいんですけど」

「だったらあいつらに喘がせる必要なかったじゃないか」

「てへぺろ」

竹奈々はわざとらしく舌を出した。やっぱり遊んでただけだったんだな。

竹奈々はショートパンツから伸びた膝を抱えて、天井を見上げる。

「やっぱり男を知らないとダメなんですかねー？　どうですか、せんぱい？　竹奈々ちゃんの初めてになるご予定は？」

「だから冗談でも滅多なこと言うなって。昨日だって――」

と、そこで思い出した。

そうだった……。昨日、本当はどういうつもりだったのか、問い詰めるつもりだったんだ、今日は。

僕はできるだけ自然に言葉を継ぐ。

「――昨日だって、誘惑するような真似《まね》しやがって。君は……僕のことが好きなのか？」

会心の出来だった。

まさかこの勘違い野郎そのものの質問を、こんなにも自然にすることができるとは。

僕はできるだけ平静を装いつつも、竹奈々の表情を観察する。

さあ、どうだ？

君なのか？　あのメールを送ってきたのは——

竹奈々は、どこか大人びた感じで、口の端を上げる。


「やっぱり……全然覚えてないんですね、せんぱい」


……っ！

やはり……！　彼女は、小学生の頃の僕のことを——！

「1年の頃に、一回会ってるじゃないですか」

「……、え？」

1年の頃？

小学生の頃じゃなく？

「今からちょうど2年くらい前ですかね……。課題で必要になって、学校のＰＣルームに行ったんです。ですけど、使い方が……」

「ああ……Ｍａｃだからな、ウチの学校のＰＣは」

小学校の授業でＷｉｎｄｏｗｓのＰＣを触ったことがあるくらいでは戸惑うことも多い。

僕も入学直後は苦戦した覚えがある。それに、よく中等部の新入生が——

「——あ」

「思い出してくれました？」

「確かに……新入生の女子に、ＰＣの使い方を教えた記憶がある。あれ、君か！」

隣に座る竹奈々の顔を、僕は改めて確認した。

全然気付かなかった……。成長期を経ているというのもあるが、何よりも、僕の記憶の中にあるその女子は、こんなキラキラ光り輝くような美少女オーラを放ってはいなかったのだ。むしろ野暮《やぼ》ったい……教室の隅にいそうなタイプの女子だった。

竹奈々はへへへと照れ笑いをして、

「諸事情ありまして、目立たないようにする癖があったんですけど、あの頃はそれが抜けきってなかったんです。声優デビューを機に垢抜《あかぬ》けさせてもらいました」

「梅瑠だったたって言われたほうが信じるぞ……」

「中学生の女の子は、身体《からだ》以外にも色々と成長するんですよ」

「驚いた……。男子三日会わざればと言うが、女子も一緒だな」

「こっちも驚きましたよ。あのときパソコンの使い方をスマートに教えてくれた先輩が、まさかあんな骨董品《こっとうひん》みたいなガラケーを使ってたなんて」

「学校にもらったものは学校のことにしか使いたくないだけだよ」

我が校は生徒全員にタブレットPCが支給され、学校の設備として3Dプリンターが設置されているようなところなので、当然僕もデジタルに弱いわけではない。ただスマホを買うお金がなかったのと勉強の邪魔になると思っていただけだ。

「じゃあ君は……最初から覚えてたのか？　僕のことを」

「そりゃあ有名人ですから。中等部1年の3学期から学年トップを逃したことがない超優等生って。一目見た瞬間にわかりましたよ、あの人だ、って」

「そうか……。それで君だけ、最初から好意的だったのか」

「姉さんたちの手前、知らないふりはしましたけどね――それに、せんぱいも全然覚えてないみたいでしたし？」

「わ、悪い。でもわかるわけないだろ、そんなに変わってたら」

「へへへ。可愛《かわい》くなりすぎてごめんなさい♥」

抱えた膝に顔を寝かせるようにして、竹奈々は甘えるような上目遣いを僕に送った。

「ですから、そういうわけで、最初からわかってたんです――せんぱいは優しい人だって」

「光栄な評価だが、それにしたって――」

「こんな美少女を押し倒しても何もできないくらいにね？」

「――んぐっ」

僕は声を詰まらせ、竹奈々はころころと笑った。

確かに……昨日、竹奈々を押し倒す形になったとき、仮に他の姉妹が誰もいなかったとして、実際に僕が何かしたかと言うと……。理性とか欲望とか、そういう話以前に、僕にはそんな覚悟はないような気がする。

誰かの人生に、自分を刻みつけるような覚悟は。

「……そういうことだったのか」

僕は小さく嘆息する。

竹奈々は2年前に僕と会ったことを覚えていただけで、小学生の頃の、あの写真を撮った頃のことを覚えていたわけじゃない——写真に写っていた以上、彼女も確かに、かつての僕と一緒にいたはずではあるが、そのときのことを覚えていたら今、真っ先にその話をしたはずだろう。

まあ、小学生の頃の記憶なんて曖昧なものだ——詳しく覚えていなくてもおかしくない。特に竹奈々は、僕よりもさらに二つも年下なんだしな。多分当時8歳くらいだ。その頃のことなんて僕も全然覚えていない。

「……だとすると、あのメールは一体誰が……？」

竹奈々が不思議そうな顔をする。

「どうしたんです？」

「い、いや、こっちの話だ」

危ない危ない。思わず口走っていた。

あまり気にしすぎるのも良くないのかもしれないな。とりあえず今のところ、実害らしい実害はない――あのメールの送り主が四姉妹の誰かなんだとしても、それが何になるわけでもないのだ。

むやみに疑心暗鬼になるのが一番良くない。

あのメールのことは一旦、棚上げにしておくか――

「……さてと、そろそろ出ないとですね」

そう言って、竹奈々が膝に手をついて立ち上がる。

僕はその顔を見上げ、

「出かけるのか？」

「今日はレッスンの日なので」

「レッスンって……君はもうデビューしてるんじゃなかったのか？」

竹奈々は遠慮するように苦笑いする。

「まだ事務所に所属して1年の新人ですし。闇雲にオーディションだけ受けてても上手《うま》くならないですよ」

いや、そういうことじゃなくて……レッスンがあるのにランニングなんかしてたのかってことを言いたかったんだが。

「梅瑠もそうだが、君も大概ストイックだったんだな……」

「意外でした？　大した才能もないので、人一倍の努力で誤魔化《ごまか》してるんです」

「それは謙遜しすぎじゃないか？　詳しくないが、君の歳《とし》でデビューできてるのは珍しいんだろう？」

「運が良かっただけです。本当の天才っていうのは……姉さんたちみたいに、努力なんて言葉を一言も口にせずに努力する人たちのことですよ」

その言葉は、届かぬ憧れを形にした、体のいい言い訳だった。

この歳にして、自分の限界を見切っているかのような。

いつもの愛想がよく、元気がよく、要領のいい妹の姿とは真反対の――ブレイク前夜、という自信に溢れた自称とは真反対の――諦めの響きが滲《にじ》んでいた。

「その証拠に、デビュー作以外パッとしませんし――変に上がっちゃった知名度のおかげで、人気ばっかり先行しちゃって。少しでも早く、それに実力を追いつかせないといけないんです――だから人よりもいっぱい、練習しないと」

……一度も売れたことのない声優からしてみれば、贅沢《ぜいたく》な悩みだろう。

しかし、自分の瞬間最大風速がすでに過ぎ去っているかもしれない――その恐怖は、まだ何事も成し遂げたことのない人間にはわからないものだ。

適性がないかもしれない。

才能がないかもしれない。

あったとしても、現状が限界で、これより上はないかもしれない。

これからどれだけ努力しても、全部無駄かもしれない——

底なし沼でもがき苦しむような、先の知れない恐怖。

僕もまた、何事も成し遂げたことのない人間だが——しかし、1階に続く階段に歩いていく小さな背中に、その恐怖が滲んでいることだけは、わかるような気がした。

だったら。

僕は立ち上がり、竹奈々の背中に言う。

「実はさ、僕も中1の頃、大した成績じゃなかったんだよ」

竹奈々は「え？」と足を止めて、こちらに振り返った。

「中1の頃、親の会社が倒産した。それで学費免除の特待生になる必要があって、死ぬほど勉強したんだ。受験勉強よりもヒリついたよ。初めて勉強のしすぎで吐いた」

「そ……それは壮絶ですね……」

「意外だっただろう？」

あえて竹奈々の台詞《せりふ》を真似ると、竹奈々は小さく口を開けて驚く。

僕はそもそも、学力を見込まれて君永家に引き取られた。すなわち、学力こそが今の自分の身分を担保していた。学力のない僕には存在意義がない——そう思っていた時期すらある。勉強をすることが、生きることと直結していた。

身の丈に合わない生き方だと、とっくに知っていながら。

適性のない生き方だと、とっくに気付いていながら。

それしかないからと、愚直に続けた先に、今の僕がある——バイトをしながらでも学年1位を維持し続けている僕が。

「身の丈に合わない立場でも、続けていたら意外と板につくものだ。だから、こんなことしか言えなくてすまないが——」

僕は竹奈々に歩み寄ると、その細い肩に手を置いて言った。

「——頑張れ。君ならできる」

PCの使い方のように、演技のやり方を教えてやることはできない。

だけど、一応は2年ほど長く生きている『せんぱい』として、その努力を後押ししてやることくらいはできる。

君に才能があるかなんてわからないけれど。

僕は応援していると——伝えることはできる。

こんな簡単な、軽々しい言葉が支えになることもあるって……知っているから。

竹奈々はしばらく、大きな目をさらに見開いて、僕の顔を見つめていた。

やがて、少しだけ顔を俯《うつむ》けると、

「………ふふ」

小さく笑みをこぼし、肩に置かれた僕の手に、そっと自分の手を添えた。

「わかりました。頑張ります」

力強く告げ、「その代わり」と続けて悪戯《いたずら》っぽく微笑《ほほえ》む。

「今日の晩御飯はハンバーグがいいです」

「……魚にしようと思ってたんだが」

「未来の大人気声優の裸を見たんですから、安いものでしょう？」

「わかったよ。買ってくる」

「やったっ。約束ですよ！」

手を叩《たた》いて喜ぶと、竹奈々は再び僕に背を向けて、弾んだ足取りで階段を下っていった。

まったく、ちゃっかりしてるな……。姉妹の中で一番要領がいいのはやっぱりあいつだよ。

◆

……肩が熱い。

もうそこにあの人の手はないとわかっているのに、何度も何度も手をやってしまう。

あたし（これが今の一人称！）は東横線のドアにもたれかかり、うっすらと窓に映る自分の顔を覗《のぞ》き込む。どういうわけか、口元が緩んでいた。まるで嬉《うれ》しいことでもあったみたい——あるいは、まるでこれから、好きな人とデートにでも行くかのような。

せんぱいのことは、最初から嫌いじゃなかった。

昔、優しく助けてもらったこともあったし、あの蘭姉《ねえ》に物怖《ものお》じしないところもすごいなあと思っていた。でも、最初は本当にそれだけで……面白そうな人が来たなって、資料が一つ増えるくらいの感覚でしかなかったと思う。

でも、『頑張れ』って、『君ならできる』って、そう言われたあの瞬間。

あたしはあたしにびっくりした。

だって、急に心臓がどくどくして、言うことを聞かなくなってしまったんだから。

多分、自分でも気付いていなかった、今まで眠り続け、蓄積され続けていた心臓の鼓動が、一気に目を覚ましたんだと思う。

思い返してみればこの1ヶ月、あたしはせんぱいの姿ばかり目で追っていたような気がする。珍しいから。新鮮だから。貴重だから。そのときはそういう気持ちしかなかったんだろうけど、今となってはそのすべてが光り輝いている。

今までの演技が偽物に思えるくらいの、それは感情の奔流。

何が良かったんだろう？　肩に手を置いて言われたあの言葉はきっかけに過ぎない。見た目かな？　性格かな？　どれもしっくりこない。見た目は取り立ててかっこいいってほどでもないし、性格は人の着替えを見てもあっさりスルーするくらいだし。

ふとあたしは、自分が演じるキャラクターのことを思い出した。

あのキャラも、こんな風に胸がいっぱいになったのかな。

はちきれそうなくらい気持ちが溢《あふ》れて、苦しくなって、そして限界を超えて、喉の奥からせり上がり——

「——あっ」

誰にも聞こえないくらい小さく小さく、あたしはその声を出した。

そっか、なるほど。

好きを吐き出せばいいんだ。

◆

僕たちが勢揃《せいぞろ》いしたリビングで、竹奈々はすっくと立ち上がった。

僕が、菊莉が、蘭香が、梅瑠が、固唾《かたず》を飲んで見守る。

竹奈々はぺこりと頭を下げると、柔らかに微笑みながら言った。

「皆様のおかげで役作りが完成しましたので、僭越《せんえつ》ながら披露させていただきたく存じます。ご清聴ください」

そして竹奈々は軽く息を吸った。

リビングがしんと静まり返り、しかし次の瞬間――


「――（※18禁※）！（※18禁※）～っ！（※18禁※）～～～!!」


淫靡《いんび》で悩ましく、沼に引きずり込まれるような喘《あえ》ぎ声が、吹き抜けに響き渡った。

竹奈々は「ふう」と一息つくと、歳相応の可愛《かわい》らしい笑みをパッと浮かべる。

「どうですか!?　上手《うま》くなったでしょ！」

僕たちは答えられなかった。

菊莉は画面の中で動かなくなり、蘭香は顔を真っ赤にしてぐったりし、梅瑠は口元を覆いながらソファーの肘掛けに倒れ、そして僕は床に崩れ落ちていた。

う……上手くなったなんてもんじゃないだろ！

あの狼《おおかみ》の遠吠《とおぼ》えが、どうやったらこんなものに変わるんだよ！

床にうずくまって動けないでいる僕のそばに、竹奈々がしゃがみこんで、膝に頬杖《ほおづえ》をつきながら見下ろしてくる。

「せ～んぱい♥　どうしたんですか？　お顔が真っ赤ですよ？」

「君なあ……！」

竹奈々はくすくすと笑うと、僕に顔を寄せて小さくこう囁《ささや》いた。

「（もしよかったら、竹奈々ちゃんが発散させてあげましょうか？）」

「ふぐッ……！」

追い打ちに声を詰まらせると、竹奈々はますます楽しそうににやにやと笑う。

「エッチに言えてました？」

僕は観念して、素直な気持ちを告げた。

「めちゃくちゃエロいよ！　これでいいか⁉」

「へへ。ありがとうございます♥」

勝利を誇るようなピースサインを見上げながら、僕はただ思い知ることしかできなかった。

声優って、すげえ……。

第3章　ゲーマー三女・梅瑠の才能

『――さあ、最終円に残ったのはなんと6チーム！』

洗濯物を畳んでいる僕の耳に、ハキハキとした実況の声が入り込んでくる。

『リングの収縮と同時に各チーム一斉に動き出します！　ポジション有利はS3Kか！』

「行けます！　行けますよこれ！」

「お願い～……！　頼む～……！」

『梅瑠《める》ー！　落ち着けーっ！』

それ以上に強く耳朶《じだ》を打つのは、ヒートアップした竹奈々《ちなな》、蘭香《らんか》、菊莉《きくり》たち、姉妹の声。

彼女たちが食い入るように見つめている壁面モニターには、FPSゲームの画面が大きく表示されている。

『チームWEが遮蔽から押し出される！　さあ戦端が開かれた！　ポジションは未《いま》だS3K有利！　階段の上から撃ち下ろす撃ち下ろす！　しかし各チーム死に物狂いで上ってくる！　まるでゾンビ映画だ！』

ズバババババッ!!　と折り重なる銃声。ゲーム画面が激しく動き、何が何だかわからないうちに他の画面に移っていく。どうやらプレイヤーがやられたらしい。

『S３K抑えきるか！　階段の下はすでに死屍累々《ししるいるい》！　――いや、後ろにいる！　後ろにいる！　いつの間にかS３Kの背後にひとりのクラウドクロス！　ついに来た！　ついに来た！　チーム AlphaPlanetPG の《UltraMail》だ！』

「「きゃああああああーっ!!」」

蘭香と竹奈々が抱き合って悲鳴のような歓声をあげた。

それにボルテージを合わせるかのように、ゲーム画面と実況もテンションを上げていく。

『さあワンピック取った！　とてつもないキャラコン！　その間に仲間が階段を上る！　挟む形になった！　しかしもうリングにほとんど飲まれている！　どうだ⁉　どうだ⁉　勝利の女神はどちらに微笑む！　――決まったーっ!!　最後に残ったのはチーム《デタミネーション》 AlphaPlanetPG！　不利ポジションからまさかの逆転！　そしてこの勝利により、VBGS PG日本代表の座を早くも確実なものとしましたっ！』

「「『うわああああああ――――っ!!』」」

悲鳴のような、というか悲鳴でしかない声をあげて、蘭香と竹奈々が飛び上がる。

それを後ろから眺めながら、僕は粛々と、畳んだ洗濯物をベッドにしようとするハナサカを追い払っていた。

どうやら梅瑠が勝ったらしい。

それはわかるが、画面が激しく動くし、頻繁に別のプレイヤーに切り替わるし、基礎的な素養のない僕には何が何やらといったところだった。

「ちょっと！　君永《きみなが》！　君永！」

蘭香が興奮で顔を赤くしながら、リビングの端にいる僕のところに走り寄ってくる。

「ご馳走《ちそう》よ、ご馳走！　今すぐご馳走作らなきゃ！」

「ご馳走って……具体的になんだよ？　豚バラ肉ならまだ余ってるが」

「そんなのじゃダメよ！　もっとこう、おめでたい感じの……七面鳥とか！」

「どこで売ってるんだ、そんなもん……」

ご馳走のイメージが貧困だな、お嬢様のくせに。

「いやー、冷や冷やしましたねー！　2試合目まであんまりいいとこなくって」

『緊張してたのかもねぇ。あそこからよく持ち直したよ』

竹奈々と菊莉がｉＰａｄ越しに感想を交わしていると、ガチャリ、とドアが開く音が上の階から聞こえた。

「……疲れたー……」

猫背をさらに丸くしながら、梅瑠が階段を降りてくる。長ったらしい髪がだらんと顔の前に下がっていて、心なしかいつもより伸びているようにすら見えた。

「あっ、おめでとっ！　梅瑠！」

「おめでとうございますーっ！」

『おめでとー』

階段を降りきった梅瑠に、竹奈々が小走りに駆け寄って抱きつく。梅瑠はそれを受け止めながら、「……ありがと」と照れ臭そうに小さく微笑《ほほえ》んでいた。

生まれてこの方、任天堂《にんてんどう》にすらろくに触れてこなかった僕なので、FPSゲームなど異世界の概念だが――その微笑みを見ると、努力した人間が報われたことへの素朴な喜びが、自然と湧き上がってくる。

……よし。

「焼くか！　七面鳥！」

僕が立ち上がりながら宣言すると、いつもはツンケンしている蘭香さえもが一緒になって、「やったーっ！」と喜ぶのだった――

――そうして、七面鳥を買える場所を探しているときだった。

『……ん？』

iPadから壁面モニターに移動した菊莉が、何かに気付いたような声を漏らして、それから姉妹たちに呼びかけた。

『3人ともー。芳乃《よしの》さんから通話ぁー』

芳乃さん？

聞き慣れない名前に首を傾《かし》げる僕をよそに、菊莉以外の三姉妹は一様に振り向いて少し驚いたような様子を見せる。

「ママから？　珍しい……」

蘭香のその言葉を聞いて、僕もようやくピンときた。

芳乃──そういえば下の名前はそんな感じだったな、理事長は。

『モニターに出すよー』

菊莉がこっちの確認も取らずにそう言ったので、僕は慌ててスマホをしまって居住まいを正した。

バイトがバレて退学になりかけたあの日以来だ。僕の直接の雇い主なのだから、失礼がないようにしなければ。

壁面モニターに、ビデオ通話の画面が映る。

そして姿を現したのは、ビシッとスーツを着た、切れ長の目つきをした美女だった。

『やあ、愛《いと》しい我が子たちよ、息災にしているかね？』

画面越しにも伝わる、身体《からだ》を締め付けられるような存在感に、僕は密《ひそ》かに身を固くする。

この人が吉城寺芳乃《きちじょうじよしの》。僕たちが通う私立染井《そめい》学園の理事長で、一代で業界トップクラスのＩＴ企業を作り上げた日本有数の実業家。僕が目指す人生の形をさらに何回りもグレードアップしたような人生を送ってきた人だ。

長女である菊莉の歳《とし》からすると、最低でも35歳は超えているはずだ。しかし20代と言ってもまるで違和感のない若々しい美貌を保ち、学園の男子たちからは『あれは絶対に魔女かエルフのどっちかだ』と噂《うわさ》されている……らしい（三鷹《みたか》情報）。

当然ながら緊張しているのは僕だけで、吉城寺の姉妹たちは平然とした様子で画面の中の母親に声をかける。

「愛しいって思ってるならたまには帰ってきなさいよ」

「そうですよー。連絡も何ヶ月ぶりですか？」

『悪かったね。仕事が立て込んでいるんだ。しばらくはシリコンバレーから動けそうにない』

シリコンバレー……。背景に映っているのはホテルの部屋か、あるいは別宅か。どっちにしてもアメリカからかけているらしい。

『今回は梅瑠に二つほど用事があってね』

名前が挙がって、ソファーに座ったまま黙っていた梅瑠が顔を上げる。

『まずは日本代表おめでとう。第一関門クリアといったところかな？』

「あ……ありがと……」

梅瑠は意外そうにそう答えた。祝われるとは思ってなかったのだろうか。

理事長はそんな様子には気付かなかったかのように続ける。

『大会の日程を確認したが、ひとまず6月までは余裕があるということで大丈夫かね？』

「うん……。練習試合《スクリム》はあるけど」

『それは良かった。……ところで、中間テストの対策は順調かな？』

梅瑠がビキッと固まった。

その姿に蘭香、竹奈々、そして僕の視線が集まる。蘭香と竹奈々は気まずそうな苦笑いをしていた。

『うん……。予想通りだ』

理事長もまた、苦笑を口元に滲《にじ》ませる。

『梅瑠。私立とはいえ、中学までは義務教育だ。私の権限で大目に見ることもできたが、高等部ともなるとそうもいかない。出席日数はどうにかしておくから、せめてテストくらいは自力でクリアしてくれないか？』

梅瑠はふてくされるように目を逸《そ》らしながら、毒づくようにつぶやく。

「……学校なんてどうでもいい。やめられるなら願ったり叶《かな》ったり」

案の定の答えだった。

理事長は苦笑したまま頬杖《ほおづえ》をつく。

『娘の意向は最大限に汲《く》みたいところなんだが、親の意向としては承服しがたくてね。どういう形であれウチの学園を卒業しておくことは、絶対に将来の君にとってプラスになる。――プロゲーマーというものは、いつまでも続けられる職業でないことぐらい、君のほうがよくわかっているだろう？』

「…………………」

僕が家事代行を始めたばかりの頃、梅瑠自身が言っていた。25歳も超えずに現役を引退するプロゲーマーも多いと。

僕も子供の端くれとして耳が痛くなるほどの、それは大人の正論だった。

『とはいえ、いきなり自力で勉強しろと言っても難しいのは私もわかっている。……そこでだ、君永くん』

「えっ、はい？」

いきなり名前が出たのに驚きながら答えると、理事長は人の心の奥を撫《な》でるような微笑みを僕に向けて、そして言う。

『仕事だ。梅瑠に勉強を教え、赤点を回避させてくれたまえ』

「君子《くんし》くん……君って奴《やつ》は重ね重ね、本当に羨ましい奴だな」

「何がだよ」

「あのおっぱい——いや失敬。あの吉城寺デカ乳さんとふたりきりの勉強会だって？」

「訂正できてないぞ」

放課後。いつものように学食の窓際席で会った三鷹に近況を話すと、いつものように世《よ》迷《ま》い言《ごと》を宣《のたま》い始めたので、僕はいつものように呆《あき》れ声を返した。

やれやれ、と三鷹は嘆息して、

「君の目にはあのたわわに実ったおっぱいが入らないのかい？　嘆かわしいな」

「こっちの台詞《せりふ》だよセクハラ女」

「いいや、表現が正確じゃなかったね。彼女はまだ1年生……成長の余地が残っているんだから、まだ実り途中の大振りなつぼみだった」

「シンプルに気持ち悪い……」

精神がセクハラ親父《おやじ》の女子高生を罰する法律は日本にはないのか？

「とはいえ君子くん、私ほどのＪＫオタクでなくとも、胸がときめいてしまうシチュエーションだとは思うけどね——健全な男子なら」

「健全な男子だからこそだよ。ちょっとやそっとの異性との接触で獣欲に支配されないように、僕の精神は健全に鍛え上げられている」

「寺にでも入ったのかい？」

「昔、妹に散々しごかれてな」

「しごかれて、って――いや、私も人の子だ。家族を対象にした下ネタはやめておこう」

「そう言った時点で手遅れだよ」

「しかし君のその妹理論、いつも思うけど、一体何者なんだよ、君の妹さんは。どうやったら思春期の男子をそこまでの朴念仁に鍛え上げられるんだ？　非常に興味がある。ぜひ今度会わせてくれ」

「僕の妹はまだ中学生だぞ、女子高生オタク」

「むしろそそるね」

　絶対に会わせないことに今決めた。

「それで？　自慢はもうおしまいかい？　腹の立つ奴め」

「僕はただバイト先の子に対するセクハラ発言を聞いていただけだが――用事はあるよ。前と一緒だ。梅瑠について知っていることがあったら教えてくれ」

「ほほう。四女に続いて、次は三女を攻略開始というわけか。下から順番に手を出していくとは君もなかなかやるね」

「梅瑠の奴とは生活リズムが合わなくてな」

　僕は無視して続けた。

「あんまりしっかり話したことがないんだ。勉強を教えるにあたって、あいつの情報を少し仕入れておこうと思って」

「君は私を攻略Wikiか何かだと思っているのかい？　失礼な奴だな。どっちかといえば私は攻略本だよ」

公式が出してるやつな、と言って、三鷹はにやりと笑った。どういう冗談なんだかよくわからない。

「吉城寺梅瑠ちゃんね。残念ながらスリーサイズまでは知らないが、私の見立てではFカップはあるんじゃないかな」

「聞いてねえよ」

「つれないなぁ。正直、前に話した情報に付け加えることは特にないよ——中学生の頃に非公式のコミュニティ大会で無双し、公式大会の参加資格がまだない中学生にもかかわらず、超大手チーム『AlphaPlanet』にスカウトされた天才。プレイヤーとしての名前は『UltraMail』、通称『うるめ』。プレイスタイルはガツガツと前線に出てエイムとキャラコンの暴力で蹂躙《じゅうりん》する、あまり日本人っぽくないタイプだね。それも当然かもしれないけど」

「それも当然って？」

「知らないのかい？　彼女は小学生の頃、2年ほど韓国で暮らしていたそうだよ。母親の——理事長についていってね」

「へえ、そうなのか。でも韓国とゲームに何の関係があるんだ？」

そうつぶやくと、三鷹は呆れた顔をして僕の顔を見つめた。

「なんだよ」

「君は本当にその手のことに疎いんだな。韓国といえば、世界屈指のｅスポーツ先進国じゃないか」

「え？　そうなのか？」

「私も現地に行ったことがないから詳しいことは知らないけれど、韓国の子供たちは学校帰りに駄菓子屋に行くような感覚でＰＣゲームの対戦をするらしいよ。梅瑠ちゃんも韓国でＦＰＳを始めたという話だ――だからプレイスタイルもＫＲ寄りなんだ」

「へえ……」

韓国といえばものすごい学歴社会という印象だったが、そんな一面もあるのか。

「そういう来歴だから、韓国語も堪能だそうだ。わからない言葉で悪口を言われないように気をつけるんだね」

「肝に銘じとくよ」

「ファイト！　チェリーボーイ〜」

「英語はわかるわ！」

中庭から外に出る裏門で、見覚えのある長ったらしい髪の女子が、校内からの視線を避けるように門柱に背中をつけて待っていた。

「……なんで隠れてるんだ？」

「…………………」

長い前髪の奥から、梅瑠はどこか不機嫌そうな目で僕を睨《にら》んでくる。

かと思えば、ふいっと顔を背けて、

「なんか……落ち着かない」

と、スカートをぎゅっと摑《つか》んだ。

言われてみれば、梅瑠の制服姿は初めて見る――というか、スカートを穿《は》いているの自体、見るのは初めてだ。

いつも見ているのはパーカーやショートパンツ、はたまた半裸といった気の抜けた部屋着姿なので、きっちり上から下まで着込んでいる梅瑠を見るのは新鮮だった。シャツの裾をスカートの中に入れているところに、少しだけ真面目さを感じられる。一方でブレザーの前をだらしなく開けているのは……多分、閉めると苦しいんだろうな。胸が。

僕は今までに妹としてきた会話の数々を思い出し、今この瞬間に適当と思われる台詞を口にする。

「似合ってると思うぞ」

再び長い前髪の奥の瞳が、じろっと僕の顔を見つめた。

「制服に使う言葉じゃないと思う」

「……そうか？」

「それじゃコスプレしてるみたい」

「そうか……？　妹が中学に入学したときに制服を褒めたら、結構喜んだけどな」

「…………そういえば、初めて人に見せたかも」

自分の姿を見下ろして、梅瑠はつぶやく。

そうなのだ。入学式が遠い過去になったせいで全然そんな気がしないが、梅瑠も高等部の新入生なのだ。

だったらやっぱり、制服を褒めてやらなければ。

「似合ってると思うぞ」

「……君永って、承認欲求のアンチのくせに、よく人を褒めるよね」

「妹に叩《たた》き込まれたからな」

「お世辞だけ上手《うま》くなったんだ」

「嘘《うそ》をつけるほど器用に見えるか？」

「……ふうん」

梅瑠はまた、僕の視線を避けるように顔を背けた。

さて、いつまでも立ち話をしてたら時間がもったいないな。

「図書室行くぞ。場所知ってるか？」

「知らない」

僕は梅瑠を引き連れて、校舎に足を向ける。

裏門から入れる中庭からは、あいつといつも話してる学食のカウンター席が見えるが……三鷹の姿は、もうすでになくなっていた。


これは僕の持論だが、勉強はできるだけ学校でやるべきだ。

自宅は色々と邪魔が多いし、メリハリもつけにくい。ファミレスなんかとも比べても、すべての施設が勉強のために作られている学校のほうがずっと集中しやすい。

何より、学校では勉強をするもの、というイメージができているのがいい。

パブロフの犬だ。条件反射で、自動的にモチベーションを高めてくれる。

特に梅瑠のように、自分の部屋に勉強のイメージが1ミリも存在しない人間にとっては、学校で自習するのが効果的なはずだった。

はずだった――んだが。

「……………………」

「……おい。なんで僕の後ろに隠れるんだ」

学校に足を踏み入れてからというもの、梅瑠はなぜか、僕の背後で縮こまっていた。まるで巣穴で息を潜めるリスだ。

「別になんでもない。さっさと歩いて」

「歩きにくいんだよ。気配がなさすぎてついてきてるか不安になる」

「じゃあこれでいいでしょ」

梅瑠は後ろから、僕の腕をガシッと摑んだ。

「これならわたしがいるってわかる」

「……まるで犬の散歩だな……」

リードを引くように梅瑠の手を引っ張りながら、僕は校舎の廊下を歩いていく。

放課後とはいえ、部活とかで生徒はまだまだ残っている。そうした生徒とすれ違うたびに、梅瑠はそれとなく僕を壁にして姿を隠していた。

「なんだ？　見つかりたくない相手でもいるのか？」

「……別に」

「有名人だから顔を見られたくない——ってわけでもないよな。だったらマスクの一つもつけてくれればいい話だ」

ってことは……。

「久しぶりの学校にビビってるのか？」

「は？　なに？　ビビってないし」

摑んだ僕の腕をぐいぐいと引っ張って抗議してくる梅瑠。

図星の反応過ぎた。

「確かに、入学から一回も登校してないんじゃ気後れもするか。でも君、家の中じゃあんなにふてぶてしいくせに――」

「は？　誰が内弁慶？　――あっ」

そのとき、見知らぬ男子生徒とすれ違って、梅瑠は急におとなしくなった。

その男子生徒が充分に遠くなると、再びぐいぐいと僕の腕を引っ張り始める。

「ねえ、わたし、別に家の中でもふてぶてしくないんだけど。ねえ」

「わかったわかった。もうわかったから」

どうやら今まで僕が見ていた梅瑠は、その一面に過ぎなかったようだ。

普通に学校に通えるようになるのはだいぶ先だな、これは。

そうこうしているうちに、図書室にたどり着く。

テスト前だし混んでいるかもと思ったが、意外と人はまばらだった。自習室に行っているか、あるいは散歩通りのＫＦＣにでも行っているのかもしれない。

梅瑠を連れて、端のほうの席に移動する。

僕が先に座り、隣の席を指差して「ほら」と梅瑠に言った。

梅瑠は少し戸惑ったようにその席を見て、

「隣に座るの……？」

「そのほうが教えやすいだろう。小声で話さないといけないしな」

向かい同士で座ると教科書もノートも逆さまにしか見えないし、話し声も少し大きくしないといけない。

「まさか今更恥ずかしいとか言わないよな。プロなんだから割り切れって言ったのは誰だ？」

「……はあ。わかった……」

梅瑠は溜《た》め息《いき》をつきながら、しぶしぶ僕の隣の席に座る。

下着姿は平気で見せてくるくせに、隣同士に座るのは躊躇《ちゅうちょ》するのか。本当によくわからない奴《やつ》だ。

僕は鞄《かばん》から教科書を取り出して、机の上に広げた。

今使っている高等部のものじゃない。自分の部屋から掘り出してきた中等部の教科書だ。

「どうせ中等部の内容も覚えてないだろうから最初からやるぞ」

「……時間かかりそう……」

「当たり前だ。サボっていた分、人よりも苦労する覚悟をしろ」

そうして、個人授業が始まった。

僕は君永の家のツテで、個人的に家庭教師をやっていたことがある。主に小学生が相手だったがこれが厄介で、場合によっては椅子に座らせることにすら苦労したものだ。

それに比べれば、梅瑠は手のかからない生徒だった。

こっちの話をちゃんと聞くし、話を脱線させないし、何より——地頭がいい。

教えたことはすぐに要点を摑んでものにしていく。典型的な、勉強しないだけで頭はいいタイプだった。

そういうタイプだとわかると、僕も教え方を調整していく。

「国語の読解問題は別に感想を求められてるわけじゃないんだ。文章に書いてあることをそのまま解答欄に書くか、それとも一つ深読みして答えるか、その二択しかない」

「読み合いってこと？」

「いや、過去の出題傾向から推測できる。今回はおそらくあの先生が担当だから——」

ここぞと低い声で話しながら、僕は梅瑠の前に置いた教科書に手を伸ばし、ペンを入れる。

自然、距離は近くなる。肩が触れ合うくらいは当たり前だし、吐息を頰《ほお》に感じることもある。女子らしい甘い香りだってする。

でも、僕にとってこれは仕事だ。

診察中に興奮する医者はいない。僕も教師の任を請け負ったからには、その職責以外のすべてをシャットアウトして仕事に取り組んだ。

「……君永、ちょっと近い……」

「だからこの出題傾向だと、この記述とこの記述から――」

「……集中できない……」

たまに梅瑠が目を逸《そ》らして恥ずかしそうにもごもご言っていたが、僕は気にせずに授業を続けた。

完全下校時刻の放送が始まって、僕は教科書を閉じる。

「今日はこんなところだな」

「……終わった～……」

梅瑠はぐったりと机に突っ伏す。

「よく頑張ったな。この調子ならテストまでに間に合うぞ」

「……帰ってゲームしていい？」

「テスト期間中にゲームなんて――と言いたいところだが、それも君の仕事だからな。きっちり時間を決めてメリハリをつけてやるなら問題ない」

「……意外と優しい」

梅瑠は机に突っ伏した格好から顔だけをこっちに向ける。前髪の隙間から垣間見《かいまみ》える瞳が、不思議そうに僕の顔を見上げていた。

「君は僕を何だと思ってたんだよ」

「勉強できない人間をカスだと思ってるんだろうなって」

「……そんな風に見えるか？」

だとしたら少しショックだ。

「人には向き不向きがあるし、興味の矛先もそれぞれ違う。僕だって最初から勉強ができたわけじゃないんだ。そんな風に思ってるわけないだろう」

「……なんか物分かりが良くてムカつく……」

「どうすればいいんだよ……」

とにもかくにも、門を閉められる前に学校を出なければならない。

僕はぐったりとした梅瑠をなんとか起こすと、教科書やノートを鞄の中にしまって、図書室を出た。

外はすっかり夕焼けに染まっている——こんな時間にもなると部活の生徒もほぼ帰っていて、誰ともすれ違うことはなかった。おかげで梅瑠が普通に隣を歩いてくれる。

途中、教室の前を通ったとき、梅瑠がそちらに目を向けているのに気付いた。

梅瑠は表情が薄い。何を考えているかはわからないが、思うところがなければこんなにもずっと見つめていることはないだろう。

「どうだ？　ウチの教室は」

だから僕は、少し探りを入れてみた。

「かなり綺麗《きれい》だろう。こんな学校はなかなかないぞ」

「……別に。わたしのゲーミングチェアだって綺麗だし」

嘘《うそ》つけ。こぼしたお菓子で汚れてるだろう。

「興味があるなら顔を出してみたっていいんじゃないか？　君に会いたいクラスメイトだっているだろう」

「……ちやほやされてみろって？　そういうの嫌いなんじゃないの、君永って」

「僕はな。君がどうだかは知らない」

「わたしだって好きじゃない。ＶＣで女だってわかった途端ちやほやしてくる野良ほど気持ち悪いものはないし」

「よく知らないが、プロゲーマーだって人気商売なんじゃないのか？　応援されなきゃスポンサーする意味もないわけだし」

「…………結果的にそうなっただけ」

少しだけ苦々しげな響きで、梅瑠はつぶやいた。

「プロを目指してたわけじゃない。ゲームしかできなくて……そればっかりやってたら、いつの間にかなってただけ」

「いつの間にか、か……天才の発言だな」

「…………………」

梅瑠は急に黙ったかと思うと、横目でじろりと僕の顔を睨《にら》む。

そして、つぶやくような声で、確かにこう言った。

「………パボ」

「ん？」

聞き返しても梅瑠が答えることはなく、足早に僕の前を歩いていく。

なんて言ったんだ、今の？　パボ……？

天才プロゲーマーの言動には困惑するばかりだが、とにかくテストに関してはなんとかなりそうで少し安心だ。

きっと赤点を回避するくらいのことはできるだろう。

明日からも同じペースで勉強していけば――

――と、こう前振りした時点で、もう決まっていたのかもしれない。

翌日、梅瑠は学校に来なかった。

夕暮れになってようやく吉城寺家にやってきた僕は、リビングにいた竹奈々に尋ねた。

「梅瑠はいるか？」

「え？　今日はまだ見てませんけど……」

それを聞くと、僕は吹き抜けの2階を見上げ、どすどすと荒い足取りで階段を上った。

梅瑠の部屋は2階の右奥にある。僕はそのドアの前までたどり着くと、少し荒めにノックをした。

「梅瑠！　約束の時間はとっくに過ぎてるぞ！」

反応はなかった。僕はしつこくノックを繰り返した。やがて、部屋の中で人が動く気配があった。

それからさらに1分ほど待つと、ゆっくりとドアが内から開く。

「……ごめん……」

ガサガサの声で言う梅瑠は、明らかに寝起きだった。

服は寝間着だし、髪はボサボサだし、何より目がほとんど開いていない。

何時だと思ってんだ。こんな時間に起きるのは吸血鬼くらいだぞ。

「何時《いつ》まで起きてたんだ」

「……8時くらい」

「きっちり時間を決めてメリハリをつけろって言ったよな？」

「……うん……」

「4時に学校集合って言ってたよな？」

「………うん……」

本当に聞いてるのか？

梅瑠は幽霊みたいにゆらゆらと揺れながら、

「明日は……ちゃんと行く……。でも今日は……練習があるから……」

「あっ、おい！」

バタン、と目の前でドアが閉じられた。

今日は結局バックレるってことかよ……。

部屋に強硬突入するわけにもいかない。僕は溜め息をついて、1階のリビングに降りた。

ソファーに座ってスマホを見ていた竹奈々が顔を上げて、

「梅瑠姉《ね》ぇ……寝坊ですか？」

「まさか夕方の待ち合わせに寝坊してくる奴がいるとは思わなかったよ」

僕は鞄をソファーの横に置くと、脱ぎっぱなしでソファーの背もたれにかけられているシャツを回収した。誰のだこれ。蘭香のにしては簡素で、他の姉妹のにしてはサイズが違うけど。

「うーん……梅瑠姉ぇって、そんなに時間にルーズなタイプじゃないと思うんですけどねえ。どっちかと言うと菊姉《きく》ぇのほうが……」

「そもそも待ち合わせをする機会なんかあるのか。日が暮れるまで寝てるのに」

「まあ遊びに行くにしてもボク——えーと、竹奈々ちゃん——えーと、あたし？　たちが相手ですからね」

「まだ一人称が定まってないのか……」

「う……」

竹奈々は少し顔を赤くして、スマートフォンで口元を隠した。

「なんだかどれもしっくりこないんですよう……。もうせんぱいが決めてください」

「じゃあ『わちき』で」

「真面目に考えてください！」

「他人の一人称なんて普段は気にもしてないよ。例外は君くらいだ」

「……竹奈々だけ特別ってことですか？」

「お、それでいいんじゃないか。あざといが、ちゃん付けよりはマシだ」

「質問に答えてほしいんですけど！」

そもそも一人称に限らず、他人が口にしたことなんてそうそう細かく覚えてはいない。覚えているとしたら、突然ぶつけられた意味のわからない単語くらいで——

「あ、そうだ」

回収した服をユーティリティルームの洗濯機に放り込んでリビングに戻ってきたとき、僕は昨日《きのう》の梅瑠の発言を思い出した。

「なあ竹奈々、『パボ』ってなんだ？」

「え？　『パボ』ですか？」

「ああ。多分女子で流行《はや》ってる若者言葉かなんかだろ。何かの略称とか……」

「なんだかおじさんみたいな発言ですね、せんぱい……」

うるさい。よく言われるよ。

「それ、もしかして梅瑠姉ぇに言われました？」

「そうだが……どうしてだ？」

「だって、それ若者言葉じゃないですよ。韓国語です」

「韓国語？」

「『パボ』は、『バカ』って意味ですよ」

——…………バカ

昨日の言葉が、日本語に翻訳されて頭の中で再生された。

「せんぱい、なんかやっちゃったんじゃないですか？」

「……身に覚えはないいんだが」

「なんかやっちゃったときって大体そうでしょう」

「……ううむ……」

もしかして、僕が怒らせたせいで今日は学校に来なかったのか？

とはいえ、原因が本当にわからないんだが……。

「せんぱい、せんぱい」

竹奈々がなぜだか得意そうな顔をして、ソファーの肘掛けに身を乗り出した。

「竹奈々ちゃんが、女子すべてに通ずる攻略法を伝授してあげましょうか」

「極めて怪しいが、とりあえず聞いておこう」

「まず謝ることから始めましょう！　下手に出られて悪い気分のする女子はいません！」

「却下」

「どうしてですか！」

「次に君が、『竹奈々で練習してもいいですよ？』と言うつもりだったからだ」

「ハッ！　どうしてそれを……」

いい加減、言動パターンがわかってきてるんだよ。僕に演技指導をして遊ぶつもりだったただろ。

どっちにしろ、明日は来ると言っていたんだ。

今はそれを信じてやるのが適当だと思えた。

翌日、梅瑠は30分遅れで裏門に姿を現した。

「……おい。大丈夫か？」

「ふわあ……」

梅瑠は大きなあくびで返事をする。

その顔は明らかに眠そうで、目が開いていることのほうが珍しい上、制服のシャツのボタンを全部かけ違えていた。

「そんな状態でちゃんと勉強できるのか……？」

「大丈夫……慣れてるから」

不安だが、時間がないのは確かだ。昨日の遅れを取り戻さなければならない。

前のように図書室に移動して勉強を始めたが、その効率は明らかに前よりも低かった。

理由は明白だ。梅瑠が事あるごとに船を漕《こ》いでいるからだ。

それでも僕の話をちゃんと聞こうとするのは見上げた根性だが、この状態では想定の結果は得られない。

「……ここまでにしよう」

僕は教科書を閉じてそう言った。

梅瑠はぱちぱちと目を瞬《しばたた》いて、「え？」と口を開ける。

「帰って寝ろ。睡眠不足の頭じゃ非効率だ」

「……わたしは大丈夫だけど」

「大丈夫じゃないから言ってるんだ。20分でもいいから寝ろ！　勉強はそれからだ」

「……ほんとに大丈夫なのに……」

梅瑠はふてくされるように唇を尖《とが》らせた。

「大体、帰ったらすぐに練習だし……。寝てる暇なんてないし」

「それじゃそっちも非効率だろ！」

「エナドリ飲めば大丈夫」

「カフェインに頼って得た元気なんて一時のまやかしだ。僕もコーヒー飲みながら睡眠時間削って勉強してたことがあるけどな、結局はちゃんと寝て時間を決めて勉強したほうがいい結果が——」

「はいはい。帰ればいいんでしょ」

不満そうな尖った声で言って、梅瑠は立ち上がる。

手早く筆記用具を鞄《かばん》にしまいながら、

「わたしが大丈夫だって言ってるのに……君永は、わたしのこと信用してくれないんだ」

「信用とかそういう問題じゃない！　僕は君の健康と成績の両方に気を遣って——」

「教えてくれない先生なんて意味ない。……じゃあね」

冷たい声で言い捨てて、梅瑠は足早に去っていった。

僕は深々と溜《た》め息《いき》をつく。

あの感じじゃあ、僕の言ったことは響いてないだろうな。

それどころか、明日からは学校に来ないかもしれない。

勝手にしろと言いたいところだが……雇い主から引き受けた仕事だ。途中で降りることはできないし、何より──

「………くそ……」

どう言えばよかったんだ……。


その後、吉城寺家に行っていつも通りに家事をこなしたが、梅瑠と顔を合わせることはなかった。

「ねえ君永、あの子、本当に大丈夫？」

夕食を用意しているとき、蘭香がスマホを見ながら心配そうに言ってきた。

「今日も普通に配信してるわよ。テス勉始める前と変わってないんだけど、配信時間」

「きっちりと時間を決めて、その時間に集中して勉強しろと言ってある。あいつの地頭なら毎日やれば問題なく間に合う──はずだったんだが……」

「え。何その不穏な言い方」

「……すでに2日ロスしてる。正直もう間に合うかわからない」

「ええ!?」

リビングのソファーでだらっとしていた蘭香が、ガバッと跳ねるように起き上がった。

「全然大丈夫じゃないじゃない！　2日ロスって、何があったわけ!?」

「昨日は寝坊。今日は明らかに睡眠不足だったから帰って寝ろと言った」

「帰って寝ろって……」

蘭香はおそらく動画サイトを表示しているのだろうスマホを見下ろして、

「寝てないじゃん」

「……信用してないのはどっちだ……」

「え？　なに？」

「なんでもない」

自分のことは信用しろと言うくせに、僕の言うことはこれっぽっちも聞く様子がない。

なんて自分勝手な奴《やつ》なんだ。

「僕としては、こういうことにならないように夕方に勉強時間を設定したんだけどな。昼夜逆転人間の生活リズムを少々侮ったらしい」

「放課後に学校で勉強してたんでしょ？　いくら梅瑠でも、その時間の待ち合わせに寝坊することはなかなかないんだけど……」

「日曜日の夜に夜更かしするタイプだな、あいつは。翌日に嫌なことがあるときはなかなかベッドに入れない」

「うーん……否定はできないけど」

「昨日、寝坊したときは朝の8時に寝たと言っていた。今日はさらに遅くに寝て、無理やり起きてきたんだろうな。ほとんど寝ながら歩いているような有様だった」

『え？　8時？』

と反応したのは、蘭香ではない。

実はずっと壁のモニターに顔（立ち絵）を出していた、菊莉だった。

『昨日の朝8時に寝たって、梅瑠ちゃんがそう言ったの？』

「そうだが？」

『おかしいなあ～……。昨日、昼くらいにリビングで会ったけど』

「何？」

僕は手元の鍋から顔を上げた。

「君がリビングに出てきたのか？」

『そこかよ。私だってたまには外出することぐらいあるってのー！』

「菊姉《ね》ぇ、リビングに出てくることを外出って呼ばないでくれる……？」

蘭香の呆《あき》れ気味なツッコミを軽くスルーしつつ、菊莉は説明する。

『11時半ぐらいだったかな〜。キッチンで水飲んでたよ。髪濡《ぬ》れてたし、お風呂上がりだったんじゃないかなぁ？』

「11時半……」

その時間から寝たんだとしたら、僕との待ち合わせまで5時間もない。確かに寝坊してもおかしくなかった。

「だったら、なんで8時に寝たなんて嘘《うそ》をついたんだ……？」

「あんたに怒られると思ったんじゃないの？」

「8時でも怒るだろ、普通」

「確かにそうか」

夜更かしを怒られるのが嫌だったんなら、もう少し早い時間を申告しそうなものだ。梅瑠の感覚が僕の想像を絶するほど狂っていた可能性はなくもないが。

「なあ吉城寺」

「何？」

「昨日の朝、梅瑠が何時《いつ》まで配信してたかわかるか？」

「アーカイブの時間見ればわかるけど。……っていうか前から気になってたんだけど、なんで私だけ苗字《みようじ》呼び？」

「クラスメイトを名前呼びするのは抵抗があるんだ」

「……まあ別にいいけど」

なにやら言いたいことがありそうな顔をしながら、蘭香はスマホを操作した。

「午前6時くらいまでね。あの子ならそんなに珍しくないわ」

「空白の5時間半か……」

その時間、何をしていたんだ？

十中八九ゲームをしていたのだろうが……配信をしなければゲームができないわけでもないだろうし。

「しっくりこないな……」

『なんだかさっきから不満そうな顔をしてるね〜、君永くん』

「そうだな……。言語化が難しいが……」

僕は自分の中の違和感を、どうにか形にしようと試みた。

「待ち合わせに寝坊とか、だらだら昼までゲームしてるとか……なんとなく、梅瑠っぽくないような気がしてな」

僕の言葉を聞いて、蘭香と菊莉はモニター越しに顔を見合わせた。

「『確かに』」

僕が知っている吉城寺梅瑠は、ストイックでプロ意識の高い人間だ。家事代行である僕にまでそれを求めるくらいには。

そんな人間が、そんな自堕落な真似《まね》をするだろうか？

思い返してみれば、生活リズムが完全に世の中の人間と逆になっていること以外は、梅瑠は怠惰とは真逆の生活をしているタイプのように思えるのだ。もちろん掃除をしなかったり風呂に入りたがらなかったりはするが、それは面倒というより効率化の結果で——

——……バカ《パボ》
梅瑠が小さくつぶやいた罵倒が脳裏に蘇《よみがえ》る。

あのとき、確か僕は——なんて言ったんだっけ？


吉城寺家四姉妹の部屋を訪ねるときにはルールがある。

まず支給されたスマートフォンで配信をしていないか確認。

次にグループチャットで部屋を訪ねてもいいか申請。

許可が取れたらドアをノックして、返事があるか内側から開かれるまで待つ。

彼女たちの配信に僕が映り込んでしまう、致命的な事故を起こさないためのルールである。まったく厄介な家だ。

梅瑠に夕食を届けるため、僕はこの手続きを踏んだ。

すると、グループチャットには『ドアの横に置いといて』という返信があった。

まるっきり引きこもりの子供を持った親の気分だ。まあ菊莉もいつもこうだから、今更ではあるが。

僕はトレイに載せた夕食を言われた通りの場所に置き、梅瑠の部屋のドアを見つめる。

どういう理由なのか……僕にはまだわかっていないが、どうやら怒っているらしい。

とりあえず謝ってしまえと竹奈々には言われたが、この2ヶ月ほどの経験で、梅瑠が口だけの謝罪を好まないタイプだということくらいはわかる。

しかしながら、梅瑠は姉妹で一番言葉少なだ。自分の思っていることを滅多《めった》に口にしないし、表情や行動からも読みにくい。重ね重ね厄介である。

しかし──しかし？

……さっきから、まるで……梅瑠と、仲直りしたくて仕方がないみたいだな。

僕は自嘲の笑みを薄く浮かべると、そっと梅瑠の部屋の前を離れた。

君子は和して同ぜず、小人は同じて和せず。

仕事のために協調することは確かに必要だが、今のはまるで、友達と喧嘩《けんか》して悩んでいるかのようだった。

僕にそんな、人間関係と承認欲求に雁字搦《がんじがら》めにされた人間のような感情が残っていたとは──まったくもって片腹痛い。

どうやら僕は、僕が思うよりも、梅瑠に親しみを持っていたらしい。

どういうわけかわからないが――

「……よし」

1階に降りてくると、僕は小さくつぶやいた。

方針が決まった。

わからないのなら調べよう。

僕はスマホを取り出すと、とある番号にコールした。

「もしもし、理事長ですか。一晩、吉城寺家に泊まる許可をください」

◆

「じゃあ配信切ります。おやすみ」

明るくなったカーテンの向こうを見ながらマイクに言って、わたしは配信を終了した。

「ふう……」

息をつきながらゲーミングチェアの背もたれに体重をかける。長時間、喋《しゃべ》りながらゲームをしていたことで加熱していた脳が、少しずつ冷却されていくのを感じる。

ギアが入ってるうちに……やらなきゃ。

わたしはPCをスリープモードにして、椅子から立ち上がる。

まずは飲み物の補充と、あと何か食べなきゃ……。

背中を伸ばしながら部屋を出た。

ウチはリビングの窓がすごく大きいから、電気がついていなくても朝はすごく明るい。

時間的には朝だけど、わたし的には夜なので、廊下に出ただけで眩《まぶ》しくて目を細めた。

2階の廊下を歩きながら、ぼんやりと考える。何食べようかな……。用意する時間がもったいない。またパンでいっか……。

そうしながらふらふらと、身体《からだ》に刻み込まれたプログラムをなぞるように、1階に降りたときだった。

「夜食作ってあるぞ」

聞こえるはずのない声が聞こえた。

驚いてリビングの奥のキッチンを見ると、そこから君永が、ラップに包まれたおにぎりを両手に持って現れた。

「え……君永……？」

「炊き込みご飯をおにぎりにしておいた。こういう手軽なやつのほうがいいだろう」

「な……なんでいるの……？」

「僕は家事代行だ。君の家事を代行する以外にどんな理由がある？」

君永は普段、夜ご飯を作り終えると家に帰っている。

この家に泊まったのは確定申告をやってもらった日くらいで……こんな時間に、朝の6時に、ここにいることなんてなかった。

しかも。

「君永……もしかして、寝てない？」

眠そうだった。

目がどこを見てるのかわからない。しきりに深く呼吸して眠気を誤魔化《ごまか》そうとしている。

徹夜している人間の顔だった。

「君がいつ出てくるかわからなかったからな。仮眠は途中で取ったが」

「いや……本当に何……？　怖いんだけど……」

「ご挨拶だな。お互い様だよ。君こそ今から何をするつもりだったんだ？　昨日《きのう》4時間程度しか寝てないくせに」

口を噤《つぐ》んだわたしに、君永は炊き込みご飯のおにぎりを手渡してくる。

そしてリビングのソファーに腰を下ろすと、ガラステーブルに置いてあったスマホを手に取った。

「一晩、君の配信を見ながら考えた」

スマホの画面には、接続の切れたわたしの配信画面が映っていた。

「あのとき——君が『パボ』と言ったとき、僕が何を言ったのか。ようやく思い出したよ。『天才の発言だな』——僕はそう言ったんだ」

いつの間にかプロになっていた——わたしがそう言って、君永がそう言った。

「僕は君が天才じゃないとは思わない。だが、その簡単な言葉が、君の普段の努力を無視したものであったことは認めざるを得ない。きっと君は、今まで自分がゲームにかけてきた時間に誇りを持っているんだろう。それを天才という一言でまとめられてしまうのが嫌だったんじゃないか——そう考えてみた」

とすると、と君永は続ける。

「配信が終わった後、昼に寝るまでのこの時間、君が何をやっているか——なんとなく想像がついた」

座ったまま振り返り、君永は言った。

「きっちり時間を決めて勉強する——僕が言ったことを守っていたのか」

わたしはばつが悪くなって目を逸《そ》らす。

君永は間に合うって言ったけど、中学からずっとサボってたのに、放課後だけの、1日2時間ぐらいの勉強で追いつくわけない。そう思ったら、注ぎ込めるのはこの時間帯くらいだと思った。

勉強なんて面倒だけど——やるからには、しょぼい結果で終わるのは嫌だから。

「……だったら、どうするの？」

居心地の悪さを誤魔化すように自分の肘を摑《つか》みながら、わたしは言う。

「これから、教えてくれるの？」

「できる限り付き合ってやる。幸い、今日は土曜日だしな」

「……なんか偉そう」

「代わりに、君も僕に教えてくれ」

「え？」

「8時間見ても、ちんぷんかんぷんだったんだ」

そう言って、君永はわたしの配信画面が映ったスマホを軽く振った。

……全然わからないゲームの配信を8時間も見てたの？

「君永って……変だね」

「君にだけは言われたくない」

この人は、わたしのやり方に付き合ってくれるんだ。

あんなに睡眠を削るのはダメだって言ってたのに……慣れてない徹夜までして。

たとえ今日限りの、一度だけのことだとしても……きっとそのほうが、わたしが納得できるから。

不器用。

無鉄砲。

まるで……わたしみたい。

「……ふふ」

わたしは思わず、少しだけ笑った。


「韓国にいたとき……友達ができなかったの」

「言葉がわからなかったからか？」

「それもあるし、そもそも引っ込み思案だし……文化の違いとかもあるし」

「だろうな」

「でも、そんなとき、クラスの女の子がＰＣ房《バン》に連れてってくれて……」

「ＰＣバン？」

「韓国のネットカフェみたいなもの。学校のコンピューター室みたいにＰＣがいっぱい並んでて、値段も安いの。小学生のお小遣いで払えるくらい。韓国だと、学校帰りにそこに行ってＰＣゲームで遊ぶのが当たり前だった」

「確かに文化の違いだな……」

「ゲームだったら言葉がわからなくても、引っ込み思案でも、一緒に遊べた……。ゲームがなかったらずっとひとりのまま、日本に帰ってきてたと思う」

「それは……さすがの僕でも気にするかもな」

「絶対気にしないでしょ……」

「おためごかしは言わないよ。それで？」

「わたしは結局、ゲームでしか人と関わる方法を知らないんだよ……。だから、日本に帰ってきたら……」

「ああ、なるほど……。女子中学生にＦＰＳのイメージはないな」

「最近は女子も増えてるけどね」

「それで、学校に行かなくなったってわけか？」

「だんだん生活リズムが夜型になって、朝に起きられなくなったのもあるけど」

「それが理由の大半なんじゃないか……？」

「睡眠管理ゲームのＴＩＰＳに書いてあったんだけど、朝型か夜型かって、生まれつき大体決まってるらしいよ」

「君、本当にゲームを中心に生きてるな」

「君永が勉強とバイトを中心に生きてるのと一緒でしょ」

「おっしゃる通りだ……」

「……ねえ、これどうやって解くの？」

「…………………」

「君永？」

横を見ると、君永はテーブルに突っ伏していた。

静かに瞼《まぶた》を閉じ、ゆっくりと寝息を漏らしている。

一瞬前まで起きてたのに……まるでスイッチが切れたみたいだ。

その寝顔を見ていると、わたしもスイッチがオフになっちゃったみたいで、さっきまでは意識に入っていなかった部屋の様子が気になるようになった。

リビングは他のみんなも起きてくるからってことで、勉強はわたしの部屋でしていた。最初に君永が掃除してくれたとき、空いたスペースに設置した小さな白いローテーブルで、教科書やノートを広げていた。

部屋自体は見慣れたものだけど、そこに男子が——君永がいるっていうのが、なんだかむず痒《がゆ》い。

しかも無防備に寝てるし。

「………ふあ」

だめだ。完全に集中切れた。

もう寝るべきだ。……でも君永をこのままにして、わたしだけ布団に入るっていうのもな……。

「…………………」

まあいいや。

眠くてしょうがないし。

◆

昼に、なんだか生暖かい風が当たっているな、と思った。

それから、いつもより布団の中が暖かいと思った。湯たんぽでも入れてたっけ？　水面下でたゆたうような意識の中で記憶を探ってみるが、身に覚えはない。

「…………ん……」

さらに、決して僕ではない、間違いなく女の子の、喉の奥を鳴らすような声が聞こえた。

志乃実《しのみ》か？

いや……その割には柔らかいような……。あいつはもっと引き締まった体つきで……。

だけど布団の中にいるこいつは、腰つきが曲線的で、ぷにぷにとした触り心地で……。

……ん？

布団の中にいるこいつ？

ようやく異常さに気がついて、僕はゆっくりと瞼を持ち上げていった。

「…………すう…………」

そして、人生において見たことのない光景を目にする。

視界いっぱいに、梅瑠の顔が広がっていたのだ。

規則的に唇に当たる生暖かい風は、梅瑠の桜色の唇から漏れる呼気だった。僕が何気なく手を這《は》わせていたのは梅瑠の腰で、全身で感じていたのは梅瑠の体温だった。

……ゆっくりと、眠りに落ちる前の記憶が蘇《よみがえ》ってくる。

確か、梅瑠の部屋で勉強をしていて――途中から記憶がない。寝てしまったのか？

しかし今、僕は確かにベッドに身を横たえている。梅瑠がベッドに移動させたのか……？

寝起きの覚醒しきっていない頭では、この未体験の状況を即座に把握することはできなかった。

その間に、文字通り目の前にある梅瑠の瞼が、ゆっくりと上がり始める。

「……ん……君永……？」

「……ああ」

「おはよ……」

「おはよう……」

お互いに寝起きで、声にハリがない。

しばらくの間、眠りの残り香を楽しむように、ただ無言で梅瑠の瞳を覗《のぞ》き込んだ。

三鷹の奴《やつ》が言うだけはあって、近くで見ると梅瑠の顔は綺麗《きれい》だった。まつ毛は長く、瞳は深く澄んでいて、ずっと見つめていても飽きない。

何よりも、こんなに近くにいるのに、不安感のようなものがなかった。

多分、僕と梅瑠は、相性がいいんだろう。普通、こんなにパーソナルスペースに踏み込んでいたら、落ち着かなくなったり緊張したり、そうなるのが自然なはずだ。妹でさえ最初はそうだった。だけど梅瑠の場合、そうなることが少ないような気がする。なぜだろう？　疑問の答えは、寝る前の会話の中にあった。

僕と彼女は、生き方が似ている。

ただ自分にできることを愚直にやるしかないのだという——生き方が。

「…………………」

「…………………」

鼻の先が触れ合った。

密《ひそ》やかな呼気が、わずかに開いた唇の中にまで侵入してくる。

僕は梅瑠の瞳を見つめていた。

まだ半分夢の中にいるかのような心地の中で、それがだんだんと近づいてきているのを、まるで他人事《ひとごと》のように捉えていた。

そして。

唇に、呼気以外の、柔らかなものが、かするようにあたって、

「——あ」

瞬間、梅瑠の瞳に光が灯《とも》った。

顔が離れて、しばらく僕の顔を見つめて、それから恐る恐る、自分の唇に指で触れる。

その様子を見ているうちに、僕も夢見心地から現実に意識が浮き上がってきた。

今の——

「……ご、めん」

かすれた声で。

夕日のように顔を赤く染めながら。

梅瑠は、柔らかそうな唇で言った。

「なんとなく……しちゃった」

……しちゃった。

しちゃった？

未遂ではなく？

「そ……そうか」

僕は混乱したまま、なんとかそう言った。

「だったら……仕方ないな」

「そう……だね」

寝起きだからか？

自分が何を喋《しゃべ》っているのかわからない。

しかし、とてつもなく気まずい空気が流れていることは確かだった。


窓の外はもう夕方になっていた。

1日損した気分だ。起きている時間で言うと、朝に起きた場合と変わらないはずなんだが。

「……お腹空《なかす》いた……」

「朝食……いや、夕食か？　用意しないとな」

僕はあくびを嚙《か》み殺しながら、梅瑠と一緒に部屋を出る。

服のまま寝たから気持ち悪い。でもこの家に僕の着替えはないからな……。一度家に帰らないと。ちょっと面倒だ……。それより朝食？　夕食？　はどうしよう。

とりとめのない思考を走らせながら、梅瑠を後ろに伴って1階のリビングに降りていくと。

そんな僕たちを愕然《がくぜん》とした表情で見つめている、蘭香と竹奈々と菊莉がいた。

「……ふたりで部屋から……」

「……ふたりとも寝癖をつけて……」

『……ふたりとも寝乱れた格好で……』

言われて、僕と梅瑠はお互いの顔を見合わせ、

「「あ」」

これはまずい、と気がついた。

僕が言い訳を考え始めるよりも早く、蘭香と竹奈々が猛然と詰め寄ってくる。

「ついにやったわね!? 出禁よ！ 今度こそ出禁！」

「おっぱいですか!? やっぱりおっきいおっぱいが良かったんですか、せんぱい!?」

『お、おおお赤飯か？ 今宵《こよい》はお赤飯か？』

噴火した蘭香と、なぜか涙目の竹奈々と、激しく左右に揺れ始めた菊莉に状況を説明できるようになるまで、かなりかかった。

僕が勉強中に寝落ちして、その後梅瑠も寝て――事実としてはそれだけなんだが、どういうわけかそれを説明する間、僕はずっと後ろめたい気持ちになっていた。

そんなことがありつつも、それ以降は順調に勉強が進んだ。

梅瑠は寝坊もせず、睡眠時間を削ることもなく放課後に学校に来て、僕の授業を受けるようになった。どうやら少しは僕を信頼してくれたらしい。

そうなったら最初の見立て通り、落第を回避することぐらいは簡単だった。

それどころか――

「……85点、81点、88点、91点、79点……」

僕は梅瑠の解答用紙を見ながら、愕然とうめく。

「普通に学年上位クラスじゃないか……」

「悔しい……。もっと上狙えた」

「天才の発言だよ！」

さすがに今度は間違っていなかった。

こいつが普段から真面目に授業を受けていたら……そして僕と同じ学年だったら……僕の学年1位の座は危うかったかもしれない。

「どういう頭の構造をしてるんだ……。僕がこのくらい成績を上げるまでどれだけ……」

「ねえ、織見《しきみ》」

「うん。……うん？」

「下の名前で呼んでいい？」

「いや……今、すでに呼んでなかったか？」

なんで今？　というか——

「ただでさえ年上を呼び捨てにしてたのに、今度は名前呼びか」

「ダメ？」

「一応理由を聞きたい」

「なんとなく」

梅瑠はことんと小首を傾《かし》げて言う。

……同じ理由で人の唇を奪った奴が言うと、重たい言葉だった。

「……まあ……君はクラスメイトじゃないしな」

「どういうこと？」

結局、何を考えているのかいまいち摑《つか》みきれない奴だ。

しかし——

口元に薄く薄く笑みを浮かべて、梅瑠は言う。

「ありがとね、織見」

お礼を言える奴ではあるんだよ。

そのことくらいは、もうはっきりわかるようになったのだ。

第4章 配信次女・蘭香の呪縛

「なあ、梅瑠《める》。洗濯物に下着が入ってないんだが……」

「あ、えっと……下着はさすがに、自分で洗おうって話になって」

「あ、あー……そうか。そのほうがいいな」

「うん……」

この前のテスト勉強の際にあったこと以来、ときどきこうして瞬間的に、梅瑠と気まずい空気が流れるようになった。

僕としてはあのときのことは事故として処理しているのだが、やっぱり頭のどこかでは意識してしまうらしい。それが言葉端や細かな仕草に現れてしまうようだ。

まったく厄介な。

誓って言うが、あの出来事で僕が梅瑠のことを意識しているなんてことは断じてない。

そもそも僕は色恋沙汰に距離を置いて生きているし、ましてやここは職場である。この程度で意識してしまうような男には、この女所帯で働く資格はない。

しかしながら、僕のその誓いが、他人にまで伝わるはずはなく――

「………………」

「………………」

僕が作った夕食をもっちゃもっちゃと咀嚼《そしゃく》しながら、ふたりの女子が、じとっとした目で僕と梅瑠の様子を眺めていた。

竹奈々《ちなな》と蘭香《らんか》だ。

あのときのことはきちんと説明したものの、完全な納得を得られたとは言いがたい。それはそうだろう。僕も逆の立場だったら簡単には信じない。だからこそ、僕としては行動でもって信頼を取り戻していくしかないのだが……。

「……なんだか甘酸っぱいですね。この前モブで出たラブコメアニメみたいです」

「そんないいもんじゃないわよ。どっちかといえばメロドラマの一夜の過ちを犯したふたりだわ」

ちくちくちくちくちく。

事あるごとに、こうしてトゲのある言葉を投げかけられているのだった。

「……なあ。僕に非があるのは認めるから、そろそろやめてくれないか。女子の悪いところ出すの」

「この時代に男女差別ですか、せんぱい？」

「これだから原始人は。男は嫌味《いやみ》を言わないって言うのかしら？」

「嫌味を言ってることは認めるのかよ」

溜《た》め息《いき》を堪《こら》える僕をよそに、梅瑠がいつも座っている席に腰を下ろしながら、

「うらやましいの？」

と。

淡々とした調子で出し抜けに、爆弾発言をした。

竹奈々と蘭香はガタッと椅子を揺らす。

「そ……そういうわけではっ……！」

「そんなわけないでしょ!?　私は家の中の風紀が乱れるのが嫌だって言ってんの！」

竹奈々は少し恥ずかしそうに、蘭香は怒り心頭に発して、それぞれ顔を赤らめた。

対する梅瑠は平然と、「ふーん……」と言って、

「だったら気にしなきゃいいのに」

ずず、とスープをすすった。

竹奈々と蘭香はぐぬぬと言わんばかりに口を噤《つぐ》む。

「なんで煽《あお》るんだ、君は……」

今度こそ僕は堪えられずに、深々と溜め息をついた。

梅瑠はバゲットを手に取り、

「なんか面白いなと思って」

「愉快犯で職場の居心地を悪くするのはやめてくれないか」

「クビにされたら、わたしが個人的に雇ってあげる」

「それこそ居心地悪いわ」

まったくもって厄介だ。

何より一番の当事者が、この空気をなんとも思ってなさそうなのが最悪だ。

「あ、あたしはもう気にしません！」

最近ちょっとずつ一人称が安定し始めている竹奈々が、焦ったような様子で言った。

「せんぱいが女子にすぐ手を出せるような人だとは思ってませんし！　どっちかといえばあれこれと理由をつけて尻込みするタイプだと思いますし！」

「おい。悪口だぞ」

「蘭姉《らんねえ》も許してあげましょ！　ね!?」

竹奈々に言われても、蘭香はむっつりと口を閉じていた。

無言のままフォークをソーセージにブスッ！　と突き刺すと、それをボリッ！　と噛《か》みちぎる。

最近はかなり普通の対応をしてもらえるようになっていたのに、ここに来て男嫌いが再発してしまったらしい。今回は僕に原因があるのであまり強くも言えないが、このままだと仕事にも支障が出てしまう。

「なあ。何をしたら機嫌を直す？」

もうめんどくさくなって、僕は直接的に訊《き》いた。

蘭香はボリボリとソーセージを咀嚼しながら、

「そうね……。とりあえず明日の朝ご飯でも作ってもらおうかしら」

「朝から出勤しろってか……」

「せっかくだから映えるのがいいわ。お洒落《しゃれ》なの作って。その写真をインスタにアップして、バズったら少し考えてあげる」

「はいはい……。雇い主様に従いますよ」

そのくらいで機嫌を直してくれるなら安いものだ。

そう思って安請け合いしたこの仕事が、まさかあんなことになるなんて——このときの僕には、想像もできなかったのだった。


「あ、蘭香！　インスタ見たよ～！」

「私も私も！　超美味《おい》しそうだった～！」

朝から出勤して一仕事終えた後の学校で、今日も今日とて蘭香がクラスメイトたちに囲まれていた。

いつもなら気にも留めないが、今回は少し事情が違う。

なぜなら彼女たちが話題にしているのは、ついさっき僕が吉城寺《きちじょうじ》家で作り、蘭香がSNSに写真をアップした料理のことだからだ。

SNS映えするお洒落な料理というオーダーだったが、トーストや卵焼き、ベーコンにサラダなど、一般的な朝食をそれっぽい白いお皿にそれっぽく盛り付けたらいい感じにそれっぽくなったので、それで良しとした。

おざなりな仕事に思えるかもしれないが、美味しそうに盛り付けるのも料理人の実力である。

実際、蘭香も不機嫌だったのが嘘《うそ》のような興奮ぶりで、色んなアングルから写真を撮っていた。

とはいえ、料理自体は誰にでも作れる簡単なものだ。本職の料理人が作ったものには遠く及ばない――

――はず、なのだが……。

「あー、あれね」

蘭香はクラスメイトたちに少し苦笑いしながら、

「あの料理、実は――」

「蘭香って料理もできるんだ〜！」

「完璧すぎない⁉　弱点ないのかよー⁉」

「超バズってたよね！　ＪＫがあんな料理作れたら当然か！」

そう。

どうやら、死ぬほどバズっているらしい。

しかも蘭香本人が作っていることになっているらしい。

繰り返すが、料理自体は本当になんでもないのだ。焼いてちぎって盛り付けただけ。あとはフランス料理店みたいな白い皿を用意して、蘭香がいい感じのライティングといい感じのアングルで写真を撮った。本当にそれだけのもので、特別美味しいわけでもなければ特別手が込んでいるわけでもない。

それだけで何千だの何万だのといった反響があるとは……蘭香の影響力の大きさを褒めるべきか、ＳＮＳの住人たちの見る目のなさを憂えるべきか判断がつかない。

どちらにせよ、こんな虚名を博したところで嬉《うれ》しくもなんともなかった。

むしろ溜め息をつきたい気分だ。

世の中にはもう少し有名になるだけで人生が救われるような人々がたくさんいるというのに、こんな小学生でも作れる料理でバズるなんて……はあ。

蘭香も困惑していることだろう。自分がやったわけではないことまで自分の功績にされて、実態よりも大きく持ち上げられて――

「……ま、まあね。前々からちょっとずつ練習してて！」

――ん？

「外食ばっかりじゃ飽きちゃうし！　たまには自炊くらいしたいなってね！」

んん？

「ほら、ウチには妹たちもいるし？　お姉ちゃんの私がしっかりしないと――」

何か言ってるぞ。

隙あらばソファーでだらだらしながらデリバリー頼もうとする奴《やつ》が。

「やっぱり料理くらいできないと格好がつかないわよね！」

ここで僕が過去に聞いたことのある、とある女の発言を紹介しよう。

『自炊のほうが安上がりとか印象操作でしょ。手間とかも考えたらすき家《や》とかココイチ頼んだほうが安くない？　こーれ、自炊する奴バカです』

今すぐ炎上させてやろうか。

そんな思いを込めて視線を送っていると、蘭香は輝くような笑顔を保持しながら、そっと僕のほうから顔を逸《そ》らした。

――仕方ないじゃない！　夢壊すのも忍びないし！

そんな声が聞こえてくるかのようだった。

こーれ、見栄《みえ》張る奴バカです。

しかしまあ、言い出しにくい雰囲気なのも理解できる。どうせこんなことはこれっきりだろうし、この場を収めるために話を合わせるくらいのことなら、僕も目くじらは――

「じゃあこれからは料理の写真もあげるんだ？」

「他にはどんなの作れるの～？　楽しみ～♪」

「……はは、は」

蘭香は笑顔を引きつらせながら、ちらりと助けを求めるように僕を見る。

……見栄に付き合った奴もバカです。


その日の夕方――吉城寺家のリビングで、蘭香は僕に向かって手を合わせていた。

「お願い！　もう一回だけ！」

「断る」

僕が腕を組みながら断固とした態度で答えると、蘭香は不服そうに唇を尖《とが》らせる。

「ケチ……」

「違うだろ。詐欺に関わるつもりはないって言ったんだ」

「詐欺なんて大袈裟《おおげさ》な……。別に嘘つくわけじゃないでしょ？」

「一緒だろ。見た人間が君が作ったって思い込むんだから」

　蘭香はばつが悪そうに口を噤む。

　悪いことだという自覚はあるみたいで結構なことだ。

「でも、じゃあ、なんて言えばいいのよ……。今更私が作ったわけじゃないからもう写真はあげないって自白すればいいの？」

「それが一番いいが、君なら他にも誤魔化《ごまか》し方は考えられるだろう」

「たくさんの人が期待してるのよ……。あんただって悪い気はしないでしょ……？」

「するね。故意ではないとはいえ人を騙《だま》したんだ。当たり前だろう」

「……頑固……」

「卑怯《ひきょう》よりはマシだね」

　蘭香はまだ不満そうだった。

　フォロワーの期待に応えたいという意気は買うが、あまりにも手段が良くない。こいつが手段を選ぼうが選ぶまいが僕の関知するところではないが、僕の技術を悪用すると言うんだったら話は別だ。

　しばらく押し問答をしていると、壁面モニターがプツンと点灯した。

『話聞いてたけど、それは良くないんじゃないのぉ？　蘭香～』

　現れたのは金髪の女子高生イラスト。菊莉《きくり》だ。

『それってあれと一緒じゃん。神絵師のアカウントを自分のだって言いふらして、「友達に言っちゃったからこの時間に絵をあげてください」ってＤＭで言ってくるキッズ。そんなことしていいね稼いだってなんにもならなくね〜？』

「わかってるってば！　だからもう一回だけって言ってるじゃない！」

『だったら今やめとけばいいじゃん』

のんびりとした調子で正論を言う次元違いの長女の姿を、僕はまじまじと見つめた。

『……どした？　君永《きみなが》くん。ガチ恋でもしたか〜？』

「姉っぽいこともできたんだなと思って」

『おい。当方、正真正銘のお姉ちゃんなり』

基本的に状況を混ぜっ返すだけの厄介な長女なので、少し感動してしまった。

蘭香はしばらく俯《うつむ》いていたかと思うと、

「……私は……日本一の女子高生なのよ」

切実な声で、僕に言い募った。

「がっかりさせたくない……。私が悪いのはわかってるけど、でも……みんなが期待する私がいるなら、できる限りそれを守ってあげたい。だから、お願い！　あと一回だけでいいから！」

蘭香は深々と、僕に向かって頭を下げる。

あの蘭香が——男嫌いで、一度は僕を問答無用で追い出した、あの蘭香が——この僕に向かって、土下座でもせんばかりに深々と。

彼女にとっては、そんなに重要なことなのか。

気に食わない相手に、こんな風に頭を下げられるほど……。

「……はあ」

僕は溜《た》め息《いき》をついて、硬く低い声で言う。

「もう一回だけだぞ……」

瞬間、蘭香はパッと顔を上げて、輝くように笑った。

「うん！　本当にありがとう！」

その横で、『あーあ』と、菊莉がつぶやくように言う。

『なんだかんだで甘いなあ。どうなっても知らんぞ〜？』

この年上の二次元の忠告を、もっとちゃんと聞いておくべきだった。

後に僕は、そう思った。

「ねえ、次の料理なんだけどさ。パスタでなんかいいの作れない？　高いのはあんまり使わずに、冷凍食品を組み合わせる感じでさ。海外だと最近こんなのが流行《はや》ってるらしいん

だけど――あーそうそうそう！　そんな感じそんな感じ！　あとはいい感じに具材を入れ
て高級感出しといてよ！　よろしく〜！」
ほだされた僕がバカだった。
あと一回だけ、なんて真っ赤な嘘だった。
蘭香はそれからもあれこれと理由をつけて、僕に料理を作らせた。報酬を提示すること
もあったし、雇い主の立場を使って脅してくることもあった。中には普通の夕食を作らせ
るふりをしてリクエストを出し、その画像を無断でＳＮＳにアップしていたこともあった。
もちろん、僕はそのたびに苦言を呈する。
そしてそのたびに、蘭香も僕にこう言う。
「どうせみんなすぐ飽きるから！　いいねが減ってきたらすぐやめるから！」
と言いながら、もうすぐ２週間が経《た》とうとしていた。
５月も半ばを過ぎて、梅雨《つゆ》の足音が近づいている。しかし梅雨前線の到来を待つまでも
なく、僕の気分は土砂降りの雨のように憂鬱になっていた。
蘭香がやっていることは、もちろん他の姉妹も気付いている。
「蘭姉《ねえ》って、めちゃくちゃ数字至上主義ですからねえ。『金のなる木』ならぬ『いいね
のなる木』を見つけたんなら、そりゃあなかなか手放しませんよ」
竹奈々は苦笑交じりにそうコメントし、

「やめたいんならやめればいいのに。ちゃんと断れない織見《しきみ》も悪いよ」

梅瑠は呆《あき》れた様子でそうコメントした。

僕も僕にがっかりしている。僕は自分のことを、悪いことは悪いとはっきり言えるタイプだと思っていた。

ところがどうだ。なんだかんだで蘭香の勢いに流されてしまっている。これでは僕が嫌悪する周りに合わせる風見鶏《かざみどり》——同じて和せずの小人じゃないか。

「それで悩んでいるというわけかい。珍しいこともあるもんだね」

学食の窓際カウンター席で、三鷹松葉《みたかまつば》は含み笑いをしながらそう言った。

僕は学食で一番安いかけうどんをずるずるとすすりきると、

「悩んでいるわけじゃない。ただの愚痴だよ。吉城寺の奴には今日にでも断りを入れる」

「どうかな。君と出会ってから、今が一番頭を悩ませているように見えるけどね、君子《くんし》くん——ちょっと妬《や》けちゃうなあ」

「なんでだよ。どこに嫉妬する要素がある？」

「今この瞬間、君の頭の中は蘭香ちゃんのことでいっぱいになっているんだろう？　なかなか羨ましい話じゃないか。君の一番の友達を自負する私としては」

「唯一の間違いだろう」

三鷹が他の人間と話しているところを、僕は一度も見たことがない。

ときどき、この女友達が僕にしか見えない幻覚なんじゃないかと疑うこともあるくらいだ——制服を着ているが、どこの学年でどこのクラスなのか、本当にこの学校の生徒なのかすら、判然としないんだからな。

「まったく——他人の脳内を占有することが、そんなに楽しいか？　僕だったら申し訳なくなったり、あるいは気色悪く感じたりすると思うけどな」

「楽しいさ。ＳＮＳに自分の写真をあげたり、バズりそうな投稿をしたり、ちょっと過激な意見を投げかけたりするのも、結局他人の中身を自分で染め上げるのが楽しいからだろう？」

「承認欲求ってやつか？　まったくもって度し難いな……」

「多かれ少なかれ、どんな人間にも宿っているものだと思うけれどね——例えば君子くん、君にだって」

「……悪い冗談だ」

僕はセルフサービスの水を喉に流し込み、空のコップをテーブルに置く。

「僕に承認欲求なんかない。あるのはただ、自己を磨き上げたいという欲求だけだ」

「どうかな。吉城寺家の姉妹たちに料理を褒められて嬉《うれ》しくなったことはないの？　掃除を感謝されて満足感を得たことは？」

「………………」

「こうして私に愚痴を吐いているのだって――結局のところ、自分の感情に共感してほしいからじゃないのかな？　それは承認欲求ではないのかい？」

「……君って……やっぱり、友達いないだろ」

「いるよ。君だ」

三鷹はテーブルに頬杖《ほおづえ》をつきながら、胡散臭《うさんくさ》い笑みを浮かべた。

「それに、今のが一般的に反感を買う指摘だってことがわかるくらいには、君は承認欲求を理解しているんじゃないのかな――同じように、蘭香ちゃんのことだって」

「だからあいつの言いなりになれって？」

「そう言っているわけじゃないことは自分でもわかっているはずだよ。君は今、ただ私の言葉を否定したいだけだ」

僕は眉間にしわを寄せて唇を引き結んだ。

「……正論ばかり言うなよ。本当に友達がいなくなるぞ」

「それは大変だ。唐揚げでも奢《おご》ろうか？」

「金で引き留めようとするな」

いつも通り、放課後に学校から吉城寺家に直行する。

たまに竹奈々と帰り道が一緒になることはあるが、今日はひとりだった。広々としたリビングには誰の姿もなく、昨夜の四姉妹の生活の痕跡だけが残されている。使ったマグカップをテーブルに放置するなって言ってるのに。

鞄《かばん》を壁際に置き、少し散らかったガラステーブルを片付けることから始めていると、壁面モニターの電源がひとりでに入った。

『君永くん、おはよ〜』

「こんにちはだし、ギリギリこんばんはでもいい。何時だと思ってんだ」

『我々の業界では何時だろうとおはようだよ。おはひそか〜』

VTuberは自分の名前をもじった挨拶を使うことが多いらしい。菊莉のペンネーム及びハンドルネームは《栗木《くりき》ひそか》だから、それが元だろう。でも僕が知る限り、そんな挨拶使ったことないだろう、君。

僕は壁面モニターの上部に設置してあるカメラを見ながら、

「君って、常にこのリビングを見てるのか？」

『常に見てるほど暇じゃないよ。たまに覗《のぞ》いてるだけ』

「少し落ち着かないな……」

『やらしいことすんなよ〜？』

にしし、と菊莉はわざとらしい笑い方をした。

『それじゃ、私は配信の準備するから』

「今日もするのか？　昨日《きのう》も結構やってたのに」

『できるだけ毎日配信するのが配信者のコツだよ。じゃあね～』

そして、プツンとモニターの電源が切れた。

毎日配信しながらイラストレーターの仕事もやってるのか……。

梅瑠も毎日配信してるが、それはプロゲーマーとしての活動を兼ねている。しかし菊莉――栗木ひそかの配信は必ずしもイラスト関係ばかりじゃなくて、むしろゲームや雑談、企画系の配信が多いようなのだ。その上でイラストレーターとの二足のわらじを履くのは、素人目にも大変なように思えるんだが。

引きこもりのように思えて、意外とバイタリティの化身なのかもしれない。

面倒臭がって適当に考えたようなペンネームのくせにな。『キクリ』を並べ替えて『クリキ』って……。

それから、キッチンに溜まっていた洗い物を食洗機に突っ込んでスイッチを入れると、2階の脱衣所に洗濯物を回収しに行った。

たった1日分だが、3人もいるのでそれなりの量になる――と言うと、ひとりどこ行ったんだと言いたくなるが、菊莉の部屋には別に風呂場があって、洗濯物もそっちにあるらしいので僕は見たことがない。僕はいよいよ、彼女のことをモニター上の存在だと思いつつある。

梅瑠が自分で下着を洗ってくれるようになって、とうとう僕は姉妹の下着を見ずに済むようになった。そうなると洗濯物の分別も少し楽になって、洗濯が手早く終わる。元々洗濯機に放り込むだけだったから大したことないんだけどな。

その後、夕食の仕込みとして米を研いで炊飯器の中に流し込むと、炊けるのを待つ間に一旦、軽くリビングに掃除機をかけることにした。

梅瑠の部屋もそろそろ掃除しないとな。1週間もすればあっという間に樹海のような混《こん》沌《とん》空間に変貌してしまう。

そんなことを考えていると、玄関のドアがガチャリと開いた。

「ただいま〜」

入ってきたのは蘭香だった。当たり前というか学校帰りで、制服姿で片手に鞄を持っている。

蘭香は僕の姿に気付くと、「あ」と小さく声をあげた。それから雑にローファーを脱ぐと、僕のいるリビングへと早足で入ってくる。

「君永！　ちょうど良かったわ」

「……何だ？」

その上機嫌な笑顔に嫌な予感を覚えつつも、僕は聞き返した。

「次の料理なんだけど、そろそろ動画にできないかと思って。リクエストが多いのよ。あんたの姿は映さないようにして、フライパンとか鍋だけ映すようにすれば――」

僕はちょっと眉をひそめて、そして今度こそ、はっきりと告げる。

「断る」

上機嫌に計画を語っていた蘭香の口が、ピタリと止まった。

戸惑うようにぱっちりとした目を瞬《しばたた》く彼女に、僕はもう一度言う。

「断る。君のいいね稼ぎに、これ以上付き合うつもりはない」

「え？　え……？　な、何よ、急に……」

「急にじゃない。そもそももう一回だけという約束だったはずだ。それを君が都合よく忘れていただけだ」

「それはっ……！　……そうだけど……」

僕は手に持っていた掃除機を壁際の充電器に戻す。

「心は痛まないのか？　君のフォロワーは、君が作った料理だと思って写真を見ているんだろう。それを騙《だま》しているっていうのに、どうしてそんな笑顔でいられるんだ？」

「騙してなんてっ……！　私が作ってるなんて一言も……！」

「最初はそのつもりがなかったとしても、今はもう誤解されることを前提でやってるじゃないか。とても誠実とは言えない。はっきり言って神経を疑うよ」

「そっ、そこまで言わなくても――」

「真実が明るみに出れば、きっと君のフォロワーも同じように言うよ」

蘭香はぐっと唇を引き結んだ。

僕は冷たい怒りを込めた視線を彼女に向けながら、

「別に本当のことを公開しろとは言わない。ただ僕はこれ以上付き合わない。料理の写真をまだあげたいなら、自分で練習して自分で作ればいい。君以外の誰もがやっていることだ」

多分だが、蘭香は料理に自信がないんだろう。実際、彼女がインスタントラーメン以上の料理をしているところを見たことがない。

だけど、料理なんて必要最低限であれば誰でもできることだ。才能なんて必要ない。必要なのはほんの少しのやる気と努力だけ。その程度の労力も払えないのであれば、蘭香もその程度のインフルエンサーだというだけだ。

話は終わった。

炊飯器がメロディを奏で始める。そろそろ竹奈々も帰ってくるし、梅瑠も起きてくる頃だろう。夕飯の支度を始めよう――

「――本当に、ダメ？」

言葉と同時だった。

背後からどんっと強い衝撃が襲ってきて、僕は前のめりに倒れ込む。

幸い、そこにはカーペットがあって、大した痛みはなかった。だけど依然として背中には大きな重みがのしかかっていて、身動きが取れず、どうにか身体《からだ》を仰向《あおむ》けにするのが精一杯だった。

蘭香が、僕に覆《おお》い被《かぶ》さっている。

僕の顔の両脇に手をついて、懇願するような目で僕を見つめている。

「何を……しているんだ、君は」

動揺を押し殺しながら問い詰めても、蘭香は頑として動かなかった。

質問に答えることもなく、まるで泣きながら言い訳する子供のように、ポツポツと途切れ途切れに、言葉を紡ぐ。

「あんたの言うことは、正しい……。それはわかってる。でも……。期待されてるの。みんな求めてるの。私に……何でもできるスーパー女子高生に」

「だから……だったら自分で練習して料理を作ればいいだろう。僕だって大したものは作ってないんだ」

「クオリティが変わるじゃない！　今までのは私が作ってなかったってバレるかも……」

「自業自得だろうが！」

頭に来て、僕は思わず声を荒らげる。

「思わずバズって調子に乗ったんだろう！　そのしっぺ返しを今受けてるんだろう！　全部君の自業自得だ！　その尻拭いをするいわれは僕にはない！」

「そうだけど……！　そうだけどっ！」

まるで子供がぐずっているようだ。

吉城寺蘭香という少女は、こんなに幼かっただろうか。普段は姉妹のまとめ役で、僕に対しても風紀委員のような振る舞いで、どちらかといえばこの家で一番大人っぽい人間だと思っていた。

でも、今は真逆だ。

親に叱《しか》られて、でもそれを認められなくて、無理筋の言い訳を繰り返している子供。そういう風にしか見えなかった。

「何をしたら……協力してくれる？」

蘭香はかすれた声で言いながら、僕の瞳を覗き込むように顔を近づけてくる。

「私にできることだったら……何でもいいから。何でもしてあげるから……」

まるで捕まえるように、両手を僕の顔に添えて。

豊かな胸を、僕の胸板に押し当てて。

赤い唇で、濡《ぬ》れた声で、貪るように阿《おもね》る。

「……ね？　だめ……？」

そして、僕の怒りは頂点に達した。

「ふざけるなッ!!」

固く握りしめた拳でカーペットを叩《たた》く。

ドンッという音と同時、蘭香はビクッと肩を震わせて、凍ったように硬直した。

「男嫌いはどうした。男をこの家に入れるわけにはいかないって、僕を追い出した君は何だったんだ!? 困ったら女を使うのか！ 君自身、そういう人間が一番嫌いなくせにッ!!」

「……あ……」

愕然《がくぜん》と口を開けて放心する蘭香を、僕は乱暴に振り払った。

フローリングに転がされた蘭香の姿を、僕はもう見たくもない。

立ち上がって、彼女に背を向けながら吐き捨てる。

「薄っぺらいんだよ。君みたいな人間が——僕は何よりも嫌いだ」

それ以上の言葉を尽くす必要性は感じられなかった。

僕はキッチンに入り、粛々と仕事を始めた。

◆

話しかける勇気が、私にはなかった。

「せんぱい！　勉強でちょっと教えてほしいことがあるんですけど……」

「いいぞ。ああ、数学か」

「織見。靴下が片っぽしかない……」

「どうせどっかに埋まってるんだろ！　ベッド周り探してみろ」

同じリビングで、妹たちが君永と話しているのを見ながら、私はただ黙っている。

イメージが持てなかった。

君永と、普通に話している自分が……少し前まで普通のことだったのに、まるで夢のことだったかのよう。

――薄っぺらいんだよ
吐き捨てられた声が、離れていく背中が、頭の中に焼きついている。

怒ることができなかった。ただただ悲しかった。

だってそれは、私自身が、一番よくわかっていることだから――

私は君永に話しかけられない。

君永も、私に視線を向けないようにしている気がした。

竹奈々や梅瑠もなんとなくそれに気付いているみたいで、たまに気遣わしげな目を私に向けてくるけど、なんて言えばいいのかわからないのか、直接は言及してこない。

コメントしたのは、菊姉《きくね》ぇくらいだった。

『当たり前でしょ、こうなるの』

いつになく辛辣に、菊姉ぇは私を窘《たしな》めた。

『むしろ君永くんは優しくしてくれたくらいだよ。本来ならもっと早くキレてもおかしくなかったし、この家に来なくなっても何も不思議じゃなかった。なのにしばらくは付き合ってくれたし、家事代行は変わらずしてくれてる。できた子だよねぇ、ホントに』

今回のことは……私が全面的に悪い。

甘えてしまった。なんだかんだ言いながら君永は許してくれるって……思い込んでしまっていた。

いつの間にか、君永は私の中でそういう存在になっていた。

あんなに拒絶していたのに。たったの2ヶ月程度で、気付けば私は、君永に甘えるのが当たり前になっていた。

あいつだって、私と同い年の、ただの高校生なのに——全肯定してくれるヒーローでもなければ、何でも受け入れてくれるお母さんでもないのに。

そうじゃないと気付かされて、なのにそれを受け入れられなくて、あんな、浅ましい、やり方——

本当に、嫌になる。

すぐ他人に甘えてしまう自分が。

薄っぺらい自分が。

『できるだけ早く謝ることだねぇ。何にしてもそうするしかないでしょ』

わかってる。……だけど、ただ謝ったところで、また薄っぺらいと思われるだけのような気がした。

だって、私自身が、薄っぺらいままだから……。

私はついに、君永がいる空間に耐えられなくて、自分の部屋に逃げ込んだ。

自信が欲しい。

私が薄っぺらい、くだらない人間じゃないって自信が欲しい。

じゃないと、明日から先を、生きていける気がしない――

だから私は、引き寄せられるように、スマホを手に取った。

◆

僕は自転車で風を切りながら代官山《だいかんやま》の瀟洒《しょうしゃ》な街並みを離れると、恵比寿《えびす》ガーデンプレイスの前を通り過ぎ、入り組んだ住宅街に入っていく。

自動車が一台通るのがやっとなほどの狭い道を何度か曲がると、都心とは思えない、木造2階建てのアパートが見えてきた。一応壁には漆喰《しっくい》が塗られているが、あちこちに走るひび割れからは、不動産屋に問い合わせるまでもなく築年数が窺《うかが》える。

そこが今の、僕の自宅だった。

自転車を停《と》める場所は塀の中にあるが、僕は塀の前の道路でペダルを止める。

アパートの入り口で、見慣れた女子中学生が、サッカーボールをリズミカルにリフティングしていたからだ。

「志乃実《しのみ》、道路でボール蹴るな。小学生か」

さっぱりしたショートカットと、休日の男子小学生みたいなパーカーとショートパンツが特徴のそいつは、浮かせた足の甲でボールをピタリと止めて、僕のほうを見た。

「おー、織見くん。最近早いね」

「日が長くなっただけだ。いつもと一緒だよ」

「そうだっけ？　言われてみれば晩御飯が早くなった気がする」

現代において時計ではなく、日の高さで時間を認識しているこいつこそ、僕の義理の妹──君永志乃実だった。

歳《とし》は僕の二つ下。吉城寺家の四姉妹で言えば、竹奈々と同い年か。

女子中学生にしては背が高めなので、あんまりそんな感じはしないが。

僕が自転車から降りると、志乃実はぽーんとサッカーボールを蹴り上げて右手の上に乗せる。

「今日の晩御飯何？」

「カレーの作り置きがまだあっただろ」

「またかー……」

「好きだろ」

「3日連続はさすがになあ」

話しながら塀の内側に入っていく。ブロック塀と漆喰の壁の間にある、隙間のような狭い空間に自転車を突っ込むと、錆《さ》びた鉄の階段をふたりで上がっていった。

「父さんと母さんは？」

「今日も残業だって。貧乏暇なしだね」

ふたりは会社がなくなってしまった後、それぞれ再就職して深夜まで働いている。ふたりとも会社経営者だっただけあって経験豊富だし、給料だってそこまで低いわけじゃないはずだが、会社がなくなったときに残った借金があるので、それを返すためにできる限り働かなければならないのだ。

それを少しでも助けるために僕もこうして働いているわけだが、どうやら志乃実は、高校に上がってもバイトをするつもりはないらしい。

それもいいだろう。彼女に必要以上の苦労をさせないために、僕も父さんたちも頑張っているんだし。

何より、彼女には僕と違って、才能がある——

僕はポケットから取り出した鍵を差し込み、ドアを開けた。

「ただいまー」

誰もいないとわかっているのに、志乃実はそう言って、先に玄関に入っていく。

僕はそれに続いて中に入り、狭い玄関で靴を脱ぐ。志乃実はもうすでに居間の畳に寝っ転がってテレビをつけていた。

間取りで言えば2ＤＫ。

吉城寺家と比べれば物置のような狭さだが、一応ちゃんと私室もあるし（志乃実と共有だが）、風呂トイレ別だし、僕としてはさほど不自由はしていなかった。

強いて言えば、ドラム式洗濯機と、もっと大きな冷蔵庫が欲しいくらいだ。

我が家の洗濯機には乾燥機能なんてついていないので、洗濯物は窓の外のベランダに干してある。目の前に隣の建物の壁があるので、乾くのが遅いったらありゃしないが。

僕はとりあえず手を洗うと、テレビのチャンネルをポチポチザッピングしている志乃実に声をかける。

「落ち着く前に風呂洗っといてくれ。ご飯食べた後だと面倒だろう」

「んー、はぁーい」

気の抜けた返事を聞いて、僕は鞄《かばん》を自分の部屋に置くと、制服から部屋着に着替える。吉城寺家には学校から直接行くことが多いので、いつもこのタイミングが、僕が制服を脱ぐ時間になる。

簡素なシャツとチノパンに着替えて居間に戻ってくる。テレビの前に志乃実の姿はなく、代わりに風呂場のほうから水音が響いていた。

さて、あいつが空腹で暴れる前に、夕食を用意するか。

と言っても、今日はさっきも言った通り、カレーの作り置きがあるから大して手間はかからない。吉城寺家の食事は食材を自由に選べるから色々と手間をかけてしまうが、こっちはそもそも選択肢が少ないからな。サクッと献立が決まることも多い。

冷蔵庫を開くと、使いかけのかぼちゃが残っていた。これを煮付けにするか。

かぼちゃを鍋に放り込んで煮込み、その間に洗濯物を取り込んでいく。

「織見くーん。お風呂もう入れ始めていーいー？」

志乃実が洗面脱衣所から顔を出して言った。

「いいぞ。僕も早めに入りたい」

「オッケー！」

このアパートに引っ越してきてから4年……あの頃は小学生だった志乃実も、ずいぶん頼もしくなったもんだ――などと回顧するのは、あの四姉妹の生活能力の低さに慣らされすぎか。志乃実もたまに家事を手伝ってくれるが、僕が動かずに済む日はほとんどない。

それから、温めたカレーとかぼちゃの煮付けをちゃぶ台に置いて、ふたりで食べた。

食べ終わった頃にちょうど風呂が沸いて、通知メロディが鳴る。

「おっ、織見くん、風呂だ風呂だ」

「皿洗った後な」

ふたりで皿洗いを済ませると、洗面脱衣所に移動する。

そして志乃実はもどかしげに、僕の前ですぽーんと、下のシャツごとパーカーを脱いだ。

「あっ、おい！　まとめて脱ぐなってていつも言ってるだろ！」

「はいはい。分けます分けますぅー」

志乃実は不服そうに脱いだパーカーの中からシャツを引っ張り出すと、続いてスポブラ、ショートパンツ、ショーツを脱いで洗濯かごに放り込む。そうして全裸になって風呂場へと向かった。

「おさきー♪」

まったく、いくつになっても落ち着きのない奴《やつ》だ。

僕も服を脱いで風呂場のすりガラスのドアを開けると、志乃実はすでに湯船に首まで浸《つ》かっていた。

「あー、極楽極楽」

働いて疲れている兄に一番風呂を譲るという配慮はないらしい。

仕方ない。先に頭と身体《からだ》を洗っておくか。

僕はシャワーを出して、熱いお湯を頭から浴びた。

志乃実とは、約6年前――僕が小学5年生、志乃実が小学3年生の頃に出会った。

僕が暮らしていた児童養護施設に、父さんと母さんに連れられてきたのだ。その頃からとんでもなく人懐っこいやつで、たまたま名前が似ていたからっていう理由で僕が目をつけられ、その縁もあって養子縁組される運びになった。

一緒に風呂に入るのも、その頃から続いている習慣だ。志乃実はとにかく活動的で、夕方までどろんこになって遊んでいるのが当たり前の子供だった。そんな志乃実に付き合わされ、一緒にどろんこになった僕が、母さんにまとめて風呂場に放り込まれる――それがずるずると続いた結果がこの状況なのだった。

中学3年にもなってまだ兄と風呂に入っているのはいかがなものかと、僕も思わないではないのだが、まあふたりで入ったほうがガス代も浮くだろうし、志乃実が嫌がるまでは付き合ってやるつもりだ。

「……織見くんさー」

僕がわしゃわしゃと頭でシャンプーを泡立てていると、志乃実の声が狭い風呂場に響いた。

「最近、嫌なことでもあった？」

「……ん？」

僕はシャワーでシャンプーを洗い流すと、湯船のほうに振り返る。

志乃実は湯船の縁に両腕を出して、だらんともたれかかりながら、リラックスした顔で僕の顔を見上げていた。

「……なんでそう思う？」

「ここ数日、機嫌悪そうだなーって」

「そうか？」

「なんとなーくね。ぱっと見はわかんないけど」

……さすが6年も一緒に暮らしているだけはある。それとも彼女が特別目ざといのか？

志乃実は湯船の縁に乗せた腕の上でにんまりと笑い、

「ズバリ、女の子絡みでしょ」

「……とりあえずそう言ってるだけじゃないか？」

「男子高校生の悩みなんて8割女子絡みだって、クラスの子が言ってた」

「偏見を撒《ま》き散らすな」

「なんか懐かしいんだよねー」

チャプチャプと水音を立てながら、志乃実は言う。

「雰囲気がさ、初めて会ったときもこんな感じだったなーって。周りに壁張ってるっていうかさ。特に女子は苦手でさ、わたしにも嫌そうな顔してたよね、織見くん」

「それがわかってたなら遠慮してほしかったけどな」

確かに僕には、女子に苦手意識を持っていた時期があった。

いや――苦手意識、というより、恐怖症と言ったほうが近いかもしれない。同じくらいの年頃の女子と喋《しゃべ》れなくて、それどころか近くに寄るだけで不安感に苛《さいな》まれる――そんな時期が、確かに存在した。

「そんな織見くんが、女の子ばっかりの家で執事始めるなんてねー。感慨深いよわたしは」

「執事じゃなくて家事代行だ。それに家主の性別は関係ない」

とはいうものの、実際、あの頃の僕のままだったら、吉城寺家で働くことはとてもできなかったに違いない。

僕の女性恐怖症を治したのは、誰であろう、この君永志乃実だ。

さっぱり空気の読めない彼女と同じ家に住み、何くれとなく絡まれることによって、僕の女性恐怖症は徐々に改善されていったのだ。

僕には妹がいるから、と。

事あるごとに言うのは、決していい加減な韜晦《とうかい》じゃない。実際に、吉城寺家での出来事は、志乃実がいなければ耐えられなかっただろうことばかりなのだ。

「あの頃の織見くんと言ったら、全然目を合わせてくれないし、気付いたらすぐに部屋に引きこもるし、なんだか常におどおどしてるし……」

「そこまでだったか？　それじゃあまるで――」

――今の蘭香みたいじゃないか。

最後の言葉を飲み込んだ僕を見て、志乃実は不思議そうにした。

「それじゃあまるで――何？」

「……いや、何でもない」

答えながら風呂椅子に座り、ボディタオルをシャワーで濡らしていると、それを横から伸びてきた手がひょいっと奪い取った。

「……？　おい？」

「背中流してあげる」

志乃実が奪い取ったボディタオルを手に、ざぱっと水滴を滴らせながら立ち上がる。

そして湯船を出ると、僕の許可を取ることもなく、ボディタオルを僕の背中に当てた。

「ちょっと懐かしいねー。昔はいつもこうしてたっけ」

「……主に僕が流す側だったけどな」

どういう風の吹き回しなんだか。僕が落ち込んでるようにでも見えたんだろうか。

もしそうだとしたら……僕は、なんで落ち込んでるんだろう。

前にある鏡越しに、ごしごしと僕の背中を擦る志乃実を見ながら、僕は過去のことを思い返す。

僕は……女性恐怖症になった原因を、半分しか覚えていない。

半分は確実に、強烈に覚えている。

でも、それとは別にもう半分、何か理由があったような気がしていた。何か、女子絡みで、悲しいことがあったような気が……。

それを繰り返したくなくて、恐ろしくて、不安で――心の空白に焼きついたその感覚に突き動かされて、女子を避けていたような気がするのだ。

ちょうど、今の蘭香のように。

僕を避けている、蘭香のように。

「織見くん」

不意に後ろから志乃実がもたれかかって、僕の首に腕を回してきた。

「フラれたんなら素直に言いなよ。しょうがないから慰めてあげる」

「……別にフラれてないんだが」

「またまたー。高望みせずにさ、今は妹で我慢しときな？」

鏡に映った志乃実の顔がにやにやする。

こいつ、そんな勘違いをしていたのか。道理で妙に気を回してくると思った。

まったくうざったい奴だが、この空気の読まなさに救われた過去があるのは事実だ。

もし志乃実がいなければ、僕はどうやってあの恐怖感、あの不安感を処理していたんだろう。すべてを拒絶して部屋に引きこもっていた？　菊莉や梅瑠みたいに、部屋の中だけでできることがあるわけでもないのに？

蘭香は——どうしているんだろう。

逃げるように引きこもっている部屋の中で、何をしているんだろう——

◆

「あ、蘭姉《ねえ》」

家の2階の廊下で、竹奈々に見つかった。

「朝ご飯、せんぱいが作ってくれましたよ。食べないんですか？」

「あ……あとで食べる」

「そうですか……」

私はそそくさと竹奈々の前を離れ、自分の部屋に滑り込む。

今日は休日。君永は朝から普通に家に来て、普通に家事をして、普通に姉妹たちと話している。

私だけが普通じゃなかった。

前までやっていたようにできない。輪の中に入れない。自分の家のはずなのに、他のどんな場所よりも、仲間外れになっているような気がした。

それでも、朝はどうしようもなくやってくる。

動画編集、まだやりかけだ……。クラスの子と遊びに行く場所も考えないと。SNSのリプもチェックしないとだし、あ、そうだ、学校の課題も――

色んな『やるべきこと』と『やらなければならないこと』が頭の中を駆け巡ったけれど、結局私が実際にやったのは、ベッドに倒れ込むことだった。

なんにも手をつける気になれない……。エネルギーが足りない……。

こういうときはとにかく手を動かせばいいとわかっているのに、その踏ん切りがつかなくて、私はベッドに寝そべりながらスマホの画面に目をやった。

別に返さないといけないメッセージがあるわけでもない。動画が見たい気分でもない。ゲームも今日の分は済ませてしまった。

だから自然と……SNSの検索欄に、自分のハンドルネームを打ち込んだ。

『「Ｌａｎｃａ」さん可愛《かわい》すぎる～』『「Ｌａｎｃａ」っていう人の動画最近見てる。可愛いしおもろい』『「Ｌａｎｃａ」ちゃんの配信今日あるかな?』

胸の中が満たされていく。動画のコメント欄を見ればこういう褒め言葉はいくらでも見られるけれど、私の知らないところで、私の見えないところで褒められている事実から得られる栄養素は確かに存在する。

『［Ｌａｎｃａ］って配信者、身体エロすぎる』『［Ｌａｎｃａ］って本当にＪＫかよ。こんなのクラスにいたら毎日使ってたわ』『［Ｌａｎｃａ］、男嫌いのキャラが逆にそそる』

……きしょ。でも、一応好意的なコメントだから許容しなくもない。見えるところで言ってたら一発でブロックしてやるけど。

『［Ｌａｎｃａ］みたいな女マジで嫌い。男に興味ないふりして友達の彼氏に色目使うタイプ。絶対裏で遊んでるでしょ』


「……………………」


……気にしない、気にしない。

さっさとスクロールして視界から消す。あの程度のアンチコメントを気にしてたらこんな活動やっていられない。あんな言いがかり、今更珍しくもないし――

――困ったら女を使うのか！

……………言いがかりじゃ、ないのか。

スマホの画面をベッドにパタリと伏せて、そのまま私も枕に顔を伏せた。

男嫌いの……はずだった。学校でも配信でも何度もそう言ってきたし、学校の男子も、私をエロい目で見てくるネットの男も、みんなみんな嫌いなはずだった。

なのに、君永のことだけ、いつの間にか許容して……そばにいるのが当たり前になって。果てには……あんな風に、みっともなく……。

「……私……嘘《うそ》だらけだ……」

私はもう一度スマホの画面を見ると、動画サイトのコメント欄を開く。

そこには私のことを褒めるコメントばかり。アンチコメントはページの遥《はる》か下に沈んで、ずいぶんスクロールしなければ目にも入らない。

でも、この人たちが好きなのは、嘘で塗り固めた私だ。

可愛くてかっこよくて、男嫌いで堂々としていて、公明正大で誰にも依存しない私だ。

本当の私がこんな風だと知ったら……きっと、誰もがさっきのアンチみたいに私を詰《なじ》る。

埋めなければならない。

埋めて、隠さなければならない。

みんなが期待する私を吸収して、本当の私を埋めて隠して、もっと、もっともっと、褒められるようにならなければならない。

だから忘れろ、忘れろ。こんなにみんなが褒めてくれてるんだから。あんなたった一つのアンチのポストを気にする必要はない。忘れろ、忘れろ、忘れろ――

――Ｌａｎｃａみたいな女マジで嫌い
「…………ああ…………」

もう、遅いか。

心に、焼きついてしまった――


――ポロン。


スマホ画面の上部に通知が現れた。

差出人と文章が自然と目に入った瞬間、ドクッと心臓が跳ねた。

〈君永織見：部屋入ってもいいいか〉

え……？　何で？　何の用？

戸惑いながらチャット画面を開く。その直後に、新しいチャットが送られてきた。

〈君永織見：既読つけたな。入るぞ〉

直後だった。

バーン！　と勢いよく、部屋の扉が開けられた。

そこには君永が立っていた。

ベッドの上で、私は呆然《ぼうぜん》とする。な、何？　なに……？　君永はずんずんと歩み寄ってくる。むっつりと唇を引き結んでいた。ベッドのそばで立ち止まり、問題児を叱《しか》る教師のように腕を組む。私はそれを見上げた。君永は口を開けた。

「──面倒臭い！」

私はぽっかりと口を開ける。

「……へ？」

「わかりやすく寂しそうな面して部屋に引きこもりやがって！　気まずいんだよ！　僕が悪いとは1ミリも思ってないが、なんとなく悪い気分になるだろうが！」

い……いきなり何!?

人がひとり寂しく傷ついているときに、かける言葉がそれ!?

「朝から寝っ転がって何をしてたんだ？」

言いながら、君永の目が私の手のスマホを捉えた。

「ちょっと見るぞ」

「え？　あ、ちょっと！」

君永は私の手からスマホを強引にひったくると、その画面に何度か指をスワイプさせて、不快そうに眉をひそめさせた。

あ……まずい……。エゴサしてたアプリ、まだ閉じてない……。

「……こんなことだろうと思った」

溜《た》め息《いき》をつくように言うと、君永は私のスマホの電源ボタンを長押しした。

そして自分のポケットにしまうと、一方的に宣告する。

「このスマホは今日1日、僕が預かっておく」

「は……はあ⁉」

あまりの横暴に私はベッドから跳ね上がり、君永に摑《つか》みかかる。

「返してよ！　それがないとできないことがいっぱい――」

「そのできないことってのは、朝っぱらからアンチの陰口を自ら探して、傷ついてる自分に浸ることか？」

「…………っ」

まっすぐに見つめてくる君永の目を、私は睨《にら》み返すことができなかった。

そんな私を見て、君永は鼻で笑いながら言う。

「君のことがようやく少しわかったような気がするよ。君は要するにあれだ――メンヘラってやつだ」

「……わかったように言わないで……っ。女子と関わったことなんて全然ないくせに……」

「僕には妹がいるからな。君はあいつのほぼ真逆だ」

……そうよ。わかってるわよ。私はメンヘラよ！

友達に遊びに行くの断られただけで不安になるし、上げた動画が伸びなかったらすぐに病むし、傷つくのわかってるくせにエゴサやめられないし、たとえエッチな見方でも肯定されたら少し嬉《うれ》しくなっちゃうし、話すようになって2ヶ月くらいの男に気付いたら依存してるし！

「……わかってるのよ……！　私が面倒臭い女だってことくらい……！　でもこういう風に生まれちゃったんだからしょうがないじゃない！　裏垢《うらあか》作って罵詈雑言《ばりぞうごん》書いてないだけ褒めてほしいくらいだわ！」

「一挙手一投足を褒められないと気が済まないのか、君は」

「そうよ！　『おはよう』って言ったら『起きれて偉い』って言ってほしいのよ！」

「それはもうバカにされてるだろう、逆に」

呆《あき》れたように言いながら、だけど君永は、優しく私の肩に手を置いた。

「吉城寺……君の家事を代行する者として、君の生活を司《つかさど》る者として、僕は君に教えなければならない」

「な……何よ……」

「人間は、別にスマホがなくたって生きていける」

大真面目な顔をして、君永は言った。

「人間は何千年も、こんな光る板なしで生きてきたんだ――今日は君に、それを思い出させる日にしよう」

◆

と宣言して蘭香を外に連れ出してみたが、早速問題が発生した。

「……どこに行けばいいんだ？」

「決めてないの⁉」

なんとなく代官山駅に向かって歩いていってはみているが、友達と街を歩いて遊んだことなんてまったくない僕のことだ、当然ながら遊べる場所なんて知りもしなかった。

「あんなドヤ顔で宣言しといて……。どうしてくれんのよ！　一応は男子と出かけるんだからって準備してきた私のコーデを！」

蘭香はいつもの部屋着とは違い、袖がぶかぶかした肩出しのブラウスとハイウエストのミニスカートという、街で見る女子っぽい姿をしていた。

「男嫌いっていう割に、そういうところは気にするんだな」

「……っ」

蘭香はぐっと言葉を詰まらせると、

「……ＴＰＯよ、ＴＰＯ。コンビニ行くときみたいな部屋着よりはいいでしょ」

「別にコンビニ行くときの服でもよかったけどな、僕は」

「あんたは気にしなさすぎ！」

人間は、別にセールでまとめ買いしたシャツとセールでまとめ買いしたチノパンでも生きていけるんだ。

蘭香はふいっと顔を逸《そ》らしながら、

「……男は嫌いよ。それは本当。でも、それはそれとして、可愛《かわい》い私ではありたいの」

「僕にはよくわからない感覚だな」

「どうせカードゲームやるなら強いデッキを作りたいでしょ。それと同じ」

「それもよくわからない感覚だな」

「何だったらわかるのよ！」

ふむ。確かに僕にはわからないことばかりだ。

だったらそれをテーマにするか。

「決めた。僕が全然知らなそうな、君の行きたい場所に連れて行ってくれ」

「……ええ？」

「ご存知《ぞんじ》の通り、僕は女子が普段何をしてるかなんて全然知らない。だからそれを教えてくれよ。君が普段行ってる場所、気になってる場所、お気に入りの場所――なんだっていい。ただし、ＳＮＳ映えは考えるなよ。どうせ写真なんか撮れないからな」

これは僕にとっても、見聞を広げるいいチャンスかもしれない。

別に何に役立つわけでもないだろうが、知識はあるに越したことはない。

君子は和して同ぜず、小人は同じて和せず――これも『和』の一種だろう。

「僕に君のことを教えてくれ――吉城寺」

そう言うと、蘭香は僕のほうをちらりと見て、ひくひくと口の端を動かした。

「しょ……しょうがないわね。あんたがそこまで言うなら……」

「嬉しさを隠せてないぞ、承認欲求モンスター」

早速一つ新しいことを知れた。

承認欲求に取り憑《つ》かれた人間は、自分のことを誰かにひけらかしたくてたまらない、と。


こう言った以上は、お洒落《しゃれ》なカフェでも大人っぽいブティックでもどんとこい――

――と、思っていたのだが。

「……なんでここ？」

鳴り響くポップな音楽。

目が眩《くら》むような極彩色の本棚。

そして、熱量高めな大量のお客たち（女性多め）。

ここは渋谷駅前の大通りから一本細い道に入ったところにあるビルの3階——いわゆるアニメショップだった。

「何よ。あんたが好きなところに行けばいいって言ったんでしょ」

隣に立つ蘭香がむすっとした顔をして言ってくる。

僕は所在なく辺りに目をきょろきょろさせながら、

「それはそうだが……ちょっとイメージと違ったんでな……」

「アニメなんか興味なさそうに見えた？」

「バカにしてそうに見えた」

「どんな偏見よ」

蘭香はふんっと不満そうに鼻を鳴らして、

「アニメくらい普通に見るわよ。空いた時間にはゲームするし、ガチャが更新されたら課金するし、休みの日には痛バ持ってイベント行くに決まってるでしょ」

「よく知らないが、なんとなく『普通』の範疇《はんちゅう》じゃなさそうな気がするな」

痛バって何だ？

「ちょうど新しいアクスタが出たから欲しかったのよね」

「知らない言葉について突っ込むと長くなりそうだから聞かないが……やっぱり意外だな。アニメだったら問題ないのか」

僕の視線の先には、爽やかに微笑《ほほえ》むイケメンアイドルの等身大パネルや、滔々《とうとう》と流れ続ける少年漫画原作アニメの映像があった。

男嫌いなのに、フィクションなら関係ないんだな。

「あー、違う違う。確かにここは女性向けが強いけど、私が好きなのはあっち」

そう言って、蘭香は慣れた足取りで本棚の間に滑り込んでいく。

彼女が足を止めた場所には、アニメ美少女のグッズがずらりと並んでいた。

僕もテレビのCMでよく見る、アイドルゲームのキャラクターだ。

「やっぱりアイドルは二次元の美少女に限るでしょ！」

むふー、と満足げに宣言する蘭香。

僕は太ももや胸元が眩《まぶ》しく輝くアイドルたちを眺めて、

「一応聞くが、オタクに媚《こ》びるためにそう言ってるわけじゃないんだよな？」

「ぶっ飛ばすわよ！　どいつもこいつも私がお洒落で垢抜《あかぬ》けてて超絶可愛いからって偏見ばっかり！」

「怒りながらも自分を持ち上げるその意気は買おう」

とても部屋に引きこもって生産性のないエゴサに勤《いそ》しんでいた奴《やつ》とは思えない。

「二次元美少女アイドルは女の子の理想なのよ！　可愛くて無垢《むく》で頑張ってて輝いてる！

その光に当てられることで、現実のジメジメした私たちは浄化されるわけ！　あんたの妹だって小さい頃はプリキュア応援してたでしょ⁉」

「近所の男子を相手にリアルプリキュアしてたことならあるが」

「それってただの暴力じゃない⁉」

とにかく活動的な奴だったのだ。色んな意味で。

「……とにかく、男の性欲にまみれた美少女キャラと一緒にしないでほしいわけ！　やけに太ももが太かったり、横乳が丸見えだったり、おっぱいのところにファスナーがついてたり、バニーガールになった途端にトレンド入りしたり――」

「ずいぶん詳しいな」

「……て、適当に言ってみただけよ」

だとしたらどんな想像力だよ。おっぱいのところにファスナーって何？

「どうやら一家言あるようだが、だったらひとり紹介してくれよ。君はどの子が好きなんだ？」

今日はとにかく彼女にネットのことを忘れさせる日だ。その一環として、何気なくそう質問してみたのだが――

「え？」

蘭香はキョトンとした顔をして、

「いっ……いいの？」

少し舌をもつれさせながら、挙動不審な声を漏らした。

本能で気付く。

まずい。

少し膨らんだ鼻の穴、異様に瞬《まばた》きの少なくなった目——まるで女体を前にした男子中学生だった。

スイッチを入れてしまった。

そう理解したときには、すでに攻勢は始まっていた。

「あのね！　私の推しはこの子なんだけど、とにかくギャップがヤバいのよ——！」

それから1時間は動けなかった。


それからも渋谷を歩き回り、ゲームセンターに行ったり、服を見て回ったり、蘭香行きつけのレストランで食事をしたりして、あっという間に夕暮れが近づいていた。

こいつ、ヤバい。何がヤバいって、金を使うことに躊躇《ちゅうちょ》がない。女子の買い物は長いものだと思っていたら、手に取ってすぐさま『これ良さそう。とりあえず買っとこ』である。ハズレを引いたらどうしようという思考がない。道理でバカみたいな量の服があるはずだ。そんなカルチャーショックに打ちひしがれつつ、「ちょっと休憩しよ」と言われて連れてこられたのは、宮下パークだった。

エスカレーターで低層ビルを登り、屋上公園に出る。

ビルがひしめく渋谷の真ん中とは思えない、広々とした芝生が目に入った。その脇を通る白い遊歩道を、蘭香はのんびりと歩いていく。遊歩道の先にはスタバのマークがついた白い建物があった。

「ここ……」

僕は辺りを見回しながら、記憶を掘り起こした。確か……。

前を歩く蘭香が振り向いて、

「来たことあるの？」

「いや……君のショート動画に、映ってた場所じゃないかと思って」

「まあ定番だからね、宮下パーク。特に夜はめちゃくちゃ映えるし」

「そういうのはなしって言わなかったか？」

「まだギリギリ昼じゃない。人もあんまりいないでしょ」

「まあ……」

ってことは、夜のほうが人が多いのか。

「とりあえず飲み物買お？」

言われるままに、公園の中央にあるスタバで一つずつコーヒーを買って（お金は経費だと言って蘭香が勝手に支払った)、遊歩道の端に設置してあるベンチに並んで座る。

蘭香は白いカップを両手で包むように持ち、ちびりと一口飲むと、柔らかく息を吐いて頭上を見上げた。

「昼の宮下パーク、結構お気に入りなのよね。渋谷なのに空が広くて」

「空……?」

頭上にはクジラの肋骨《ろっこつ》みたいなアーチ状の梁《はり》(?)がいくつも渡っていて、その間から晴れた青空を見上げることができた。

高層ビルが視界に入らない広々とした空は、確かにこの街では貴重かもしれない。

「たまに、気が向いたときにね、人が少ない時間帯を狙ってひとりで来るの。あんたの言う通り、ここは撮影で使うことも多いし、友達と来ることも多いから、そこにあえてひとりで来るっていうのがね……なんというか、開放的な気分になれるのよ」

「なるほどな……。それは確かに、悪くない」

僕も手に持っていたカップに口をつける。

学校では勉強、家に帰れば家事、それ以外の時間はバイト——こんな風に何もない時間を過ごすのは、一体いつぶりのことだろう。

しばらく、涼やかな風の音に耳を傾けた後、蘭香がひっそりと口を開ける気配を感じた。

「……ねえ、そろそろ訊《き》いてもいい?」

「何をだ？」

少しだけ間を取って、蘭香は続ける。

「私……あんたを怒らせたはずなのに、なんでこんな風に、お節介焼くの？」

そう言う蘭香の表情には、外に連れ出す前の張り詰めた雰囲気はなくなっていた。

幸いなことに、デジタルデトックスの効果はあったらしい——だからこそ気になるんだろう。怒っていた僕が、どうして彼女に構うのかと。

僕には説明義務があった。

「一つは最初に言ったよ。面倒臭かったからだ。職場であからさまに避けられると居心地が悪いし、それを気にしなきゃならないのも面倒で仕方がない」

「それだけ？」

「もう一つは……」

少し躊躇《ためら》い——だけどもはや、変にはぐらかすの面倒臭いなと思った。

「——『女を作れ』」

「え？」

「『女がいれば、自分がどんなにダメな奴でも、許されてる気分になれる』——僕の生みの父親が、小学5年生の僕に言い放った言葉だ」

忌まわしい言葉——忌まわしい記憶。

僕が顔をしかめながら再生したその言葉に、蘭香は戸惑った表情を作った。

「それは、なんというか……」

「気を遣わなくていいよ。僕に遺伝子の半分を与えた男は正真正銘のクズだった。いわゆる売れないバンドマンでさ、母さんが稼いできた金をむしり取って、日がな一日パチンコ屋に入り浸ってる、絵に描いたようなヒモだったらしい。一緒に暮らしてたのはかなり小さい頃のことだから、明確に覚えてはいないけどな――結局は母さんに愛想をつかされて、最後には金に困った末に詐欺に手を出して牢屋《ろうや》の中だよ」

「もしかして、それで施設に？」

「そうだ。小学2年生のときのことだ」

さっきの言葉を言われたのは、君永家への養子縁組が決まって、あのクソ野郎に三行半《みくだりはん》を突きつけるため、面会に行ったときのことだ。

あいつはまったく反省していなかった――というか、期待をしていなかった。

世界にも、自分自身にも。

だから幼い子供にさえ平気であんなことを言う。あんな根の腐った人生哲学しか持ちえないほどの、愚かで哀れな男だったのだ。

面会に立ち会っていた職員の人が浮かべた、心の底からの呆《あき》れ顔が忘れられない。

そのとき僕は、自分の遺伝子上の父親が本当にどうしようもない人間であることを実感したのである。

「その言葉を聞いたときから、僕はしばらくの間、女子に激しい拒否感を抱いていた――君が男嫌いであるように、僕にも女嫌いだった時期があったんだよ」

それが、志乃実に治療された女性恐怖症の、原因の半分。

今でさえ僕は、心のどこかで恋愛というものを疎んでいる。

「それで……私に共感してくれたってわけ？」

「今回、君がやらかしたこととは関係ないけどな――ただ、思い出したんだ。あの頃、自分にろくな味方がいなくて、ひどく心細かったことを……。幸い、そのときの僕にはひとりになるのを許してくれない奴がいて、孤独に浸ってる暇もなかったけど、君にはそういう奴がいなそうな気がしてさ」

「なんでよ。あんたに比べたら無限に友達いるんですけど？」

「有名人の功罪だよ――君の周りに、君をインフルエンサーの《Ｌａｎｃａ》として見ない人間はいないだろう？」

「……………」

「その点僕は君がどのくらいすごいのか未《いま》だにいまいちわかってないし、動画もＳＮＳも確定申告のときに見たっきりだし、日本一有名な女子高生様の息抜きのお供としては、そんなに悪くないだろう」

蘭香はしばらくの間、僕の真意を測るようにじっと見つめて、それからすっと、手元のカップに視線を移した。

別に僕が助けてやったんだと自惚《うぬぼ》れるつもりはない。そもそも今回こいつがヘラったのは僕が原因なわけだし、なのにそんな気でいたらとんだマッチポンプだ。

でも、見ていられないだろう。

あんなに周りに人がいて、あんなにたくさんの人に見られていて、なのに家では部屋に閉じこもっている——そんな人間がいたら。

たとえ、相容《あいい》れない人間だったとしても……見ていられない。

しばらく、都会の喧騒《けんそう》を遠くに聞いた。

透き通った青色だった空は、徐々に赤い夕焼けに塗り替えられている。蘭香が言うには、この宮下パークは夜のほうが人が多いらしい。今は静かに独り占めできているこの空も、もうすぐ喧騒に塗り潰されるんだろう。

そのときが来る前に——蘭香は口を開いた。

「……私のお母さん、資産家の愛人だったの」

僕は蘭香の横顔を見て、静かに聞き返す。

「一応聞くけど——君のお母さんっていうのは、理事長のことだよな？」

「今はね。少し考えたら気付くでしょ。私たち４人、それぞれ一つずつしか歳《とし》が違わないのよ――あの年齢不詳の美女が、年子の四姉妹なんて産んでると思う？」

……確かに、心のどこかでは気付いていた。だが雇い主のプライバシーには踏み込むまいと思って、考えないようにしていた。

理事長は一度もあの家に帰ってきたことがない。

そもそも高校生の娘がいるような歳に見えない。

そして――彼女たち四姉妹は、全員まったく似ていない。

「養子なのか……全員」

「そう。あんたと同じ」

血が繋《つな》がっていないのだ。

理事長も、四姉妹も――僕が君永家と血が繋がっていないように。

「私も小さい頃は児童養護施設にいたの。お母さんが突然いなくなったせいでね。さっきは愛人って言ったけど、ぶっちゃけそれもかなり良い言い方よ。私はどっかの金持ちが一晩の遊びで作った子供。当然認知もされなかったし、養育費ももらえなかった。手切れ金くらいもらったかもしれないけど――生活が楽になるほどじゃなかった。お母さんは結局、貧乏に耐えられなくなって私を捨てた。どうせ元々、その金持ちとの関係を繋ぎ止めるための道具としか思ってなかったんだろうけど」

蘭香の口調は乾いていた。

もはやどんな感情も絞り尽くしたと言わんばかりの、不毛の声だった。

「私の父親は、一晩の性欲に負けて取り返しのつかないことをしたバカ。同じようなバカな男が、この世にはごまんといる――そう思ったら、全員気持ち悪く思えてくるのよ」

「……それで男嫌いか」

「納得してくれた？」

「そうだな……。なにせ僕も、似たようなものだ」

正反対の人間だと思っていたが――こんなところに、共通点があるとはな。

わからないものだ……人間というものは。

「あのときのこと……自分でも、どうかしてたと思ってる」

――……ね？　だめ……？

あのときの、とろけるような蘭香の声を思い出す。

「あれじゃあまるで、男に縋《すが》ることでしか生きられなかった私の母親と同じ……。本当にどうかしてた。いつの間にか、あんたが何でもしてくれるような気になって……」

「それ自体は、僕が家事代行として信頼を勝ち取った証《あかし》だ。喜ばしい事実として受け取っておくけどな」

「違うのよ。私は――」

蘭香は何かを言いかけて、しかし一度口を噤《つぐ》み、それから、改めて続けた。

「――あんたに、甘えてたの。ただの家事代行……ただの仕事だってわかってたつもりだったのに、何でもしてくれるから、毎日一緒にいてくれるから……」

「あのなあ」

僕は溜《た》め息《いき》をつくように言った。

「確かに洗濯をするのも、掃除をするのも、食事を作るのも僕の仕事だよ。きっちり報酬が発生してる。そこには僕の感情は何ら介在していない」

でも。

と続けると、蘭香の目が僕を見た。

「こんな風にメンタルケアまでしてやるのが家事代行の仕事だと思うか？　それだけじゃない。僕は毎日、君を含む四姉妹に面倒をかけられ続けている。竹奈々にはときどき勉強を教えてるし、梅瑠には知らないゲームの話を聞かされるし、菊莉には要領を得ない雑談に巻き込まれる。それに付き合ってやってるのがただの仕事？　とんでもない。こんな重労働、給料を倍にされたって釣り合わないよ！」

驚いたように目を見開く蘭香に、僕は告げる。

「言葉を誤魔化《ごまか》すと君がヘラるから今日だけはストレートに言ってやる。君たち姉妹はとっくの昔に、僕にとって『ただの雇い主』じゃなくなってるんだ！　あんまり認めたくない事実だけどな！　――だから、蘭香」

「うえっ？」

ただのクラスメイトじゃなく、ただの雇い主でもなく、ひとりの人間として扱うために呼び方を変えると、蘭香は焦ったように声を裏返らせた。

「常識の範囲を逸脱しない程度なら、別に甘えてくれたっていいんだよ。ひとりじゃ寂しくて死ぬメンヘラのくせに、強がって自分だけでなんとかしようとするな！」

それが一番めんどくさい。

今回のことで骨身に染みた。

こういう人間は、ひとりにしておくとどんどん沼にはまっていくのだ。

「頼れよ。僕たちは正反対の人間だけど——それでもこうして、縁ができたんだから」

君子は和して同ぜず、小人は同じて和せず。

この格言は、付和雷同の浅い繋がりではなく、ゆえあって結ばれた縁を大切にしろという意味だと僕は思う。

児童養護施設で志乃実との縁ができたから今の僕がある。それと同じように、理事長に押し付けられた仕事でできたこの縁も、これからの僕を形作っていくはずだ。

それをないがしろにしたくはない。

まともな縁を作れずに破滅したあの男のようには、僕は決してならない。

蘭香はしばらく食い入るように僕の瞳を見つめていたかと思うと、すっとその目を逸《そ》らした。

ビルの隙間から射《さ》した夕日の光が、彼女の横顔を照らす。

そのせいか、蘭香の耳が心なしか赤く見えた。

蘭香は口の前で両手の指を合わせ、手のひらを近づけたり離したりしながら、

「あの……君永」

「なんだ？」

「私……知っての通り、男嫌いなんだけど。恋愛も一生しないつもりだったんだけど」

「そうだろうな」

「だから、その……ちょっと困るというか……」

「……？　何がだ？」

「……私は、その……ご存知《ぞんじ》の通り寂しがりで、優しくされると付け上がりがちで……」

「要領を得ないな。何が言いたいんだ？」

「だからっ……」

蘭香は合わせた両手を鼻と口に被《かぶ》せると、目を泳がせながら、か細い声で言う。

「……好きに、なっちゃいそうだから……あんまり、優しくしないで……」

それを聞いて、僕は――

――ものすごく顔をしかめた。

「何その嫌そうな顔⁉」

「チョロすぎて引いてる」

「チョロっ……⁉　くないし！　『なっちゃいそう』って言ったでしょ⁉　まだ好きになってないから！　勘違いしないでくれる⁉」

「これを勘違いと呼ぶのか……。日本語は難しいな……」

僕としては、引き続き男嫌いキャラを大切にしていただきたいものだ。

メンヘラキャラよりずっと扱いやすい。


代官山駅から外に出ると、辺りはすっかり静かな夜闇に満ちていた。

ただでさえ閑静な住宅街である代官山は、夜になると東京とは思えない静寂に包まれる。

その中にひっそりと息を潜めるように、僕と蘭香は無言のまま、タワーマンションに向かって歩き始めた。

戻ったら夕食を作らないと。今日はどうしようか。野菜はまだあったよな。牛肉の消費期限が気になる。しぐれ煮にでもするか？　シンプルに炒《いた》めてしまうのも悪くない――

でもその前に、片付けなければならないタスクがある。

ポケットにしまってあるスマートフォンの重みを意識しているうちに、王城のごときタワーマンションの前にたどり着いていた。

エントランスの前で立ち止まり、蘭香はぽつりと言う。

「……ごめん」

「何がだ？」

「……意地悪……」

蘭香は少し不満そうに唇を尖《とが》らせてから、

「詐欺の片棒を担がせるようなことして……ごめん」

僕は口元を緩めて嘆息する。

「詐欺なんて言うほど大それた話じゃない。君のフォロワーが勘違いしただけだろ？」

「あ、あんたがそう言ったんでしょ⁉」

「少なくとも僕の父親みたいに、警察の厄介になるような話じゃないさ」

僕はポケットに手を突っ込むと、そこから蘭香のスマートフォンを取り出した。

それを彼女に差し出す。

「もう大丈夫だな？」

蘭香はしばしの間、それをじっと見つめた。

「……うん。エゴサはほどほどにする」

「エゴサをやめろって話をしたはずなんだが」

「もしまたアンチの言葉が目についてへこんだら――」

いつもの勝気な態度はどこへやら、蘭香はおずおずとした様子で僕の顔色を窺《うかが》い、

「――また……少しだけ、甘えても……いい？」

その素直な目に――幼い女の子のような、庇護《ひご》欲をそそられる瞳の輝きに、少しだけ……ほんの少しだけだが、心臓の鼓動が乱れた。

多分……これは、本人としては、使ってるつもりはないんだろうな。

「……ああ。その分だけ、埋め合わせをしてくれるならな」

「ケチ」

「それが対等な関係というものだ」

そして僕は、蘭香のスマホを彼女に返還した。

蘭香はその電源を入れないままバッグの中に入れる。

さあ、早く部屋に戻って、四姉妹の夕食を作ってやるか――と思ったら、

「ねえ、最後にもう一つ」

と、蘭香が、今度はきょろきょろと目を泳がせながら言った。

「あんたって、お昼は弁当派？　学食派？」

「え？　学校でか？　どっちのときもあるが……弁当のほうが多いな」

なんだ、いきなり。脈絡もなく。

「じゃあ……週明けの月曜日は、お弁当用意しないで」

「は？　なんで──」

「何でもいいから！」

一方的に言い切って、蘭香は小走りにエントランスに向かう。

「言ったわよ！　約束だからね！」

……人の話を聞かないところは、あんまり変わってないな。

どういうつもりかわからないが、雇い主様の言うことだ、とりあえず従っておくか。


そして週明けの月曜日。

昼休みの始まりを告げるチャイムが鳴ると、僕のスマホにチャットが来た。

〈踊り場に集合〉

顔を上げると、教室の入り口のところで蘭香がそれとなく僕のほうを見ていた。それから廊下の向こうに去っていく。

僕は席を立ち、クラスメイトの間を抜けて、その後を追った。

階段は廊下の突き当たりにある。壁がガラス張りになっていて、外の街並みや道路を行き来する車、歩道にひしめく歩行者を見下ろすことができた。もちろん外からも丸見えだが、校舎の端にあることもあって他の生徒の目にはあまりつかない。

階段を一つ上って踊り場に出ると、右奥の隅に蘭香が所在なげに立っていた。

「蘭香？　珍しいな、学校で――」

「ん！」

僕の言葉を聞かず、蘭香は一方的に、紺色の弁当包みを押し付けてきた。

弁当？

「……感想、後で聞かせて」

微妙に目を逸らしながら、やはり一方的にそう言い置くと、蘭香は急ぎ足で僕の隣を抜けて、階段を降りていく。

弁当……だよな？

手に残った弁当包みを、呆然《ぼうぜん》と見下ろす。

一体誰が？　……いや、状況からして、ひとりしか考えられないんだが。

困惑しながら僕は教室に戻り、その弁当の蓋を開けた。

中に入っていたのは、若干水気の多い白飯と、若干焦げている卵焼きと、若干形の悪い人参《にんじん》と、ほぼ丸焦げのおそらく唐揚げだった。

……なるほど……。

とりあえず言えることが一つ。

弁当の唐揚げなんか、普通に冷凍食品でいいぞ。

……しかし、いきなり揚げ物に挑戦したそのチャレンジ精神は買おう。

丸焦げの唐揚げをボリボリと頬張《ほおば》りながら、僕はいつか、吉城寺家の食事を作らなくて済むようになることを願った。


こうして、5月が終わろうとしていた。

3月に吉城寺家の家事代行に就任してから、早2ヶ月。

そして同時に——僕の携帯にあの写真が送りつけられてきた日からも、早2ヶ月ということになる。

その件については、何も進行していない。今となっては遠い夢のように思えていた。

蘭香に支給されたスマホにメールも写真も移してある。だからあれは夢ではない。確かに現実に起こったことだ。

しかし、もう気にしないほうがいいのかもしれないと思っていた。

幼い僕と蘭香、梅瑠、竹奈々が一緒に映っている写真。

見た目と記憶からして、おそらくは約7年前――僕が小学4年生頃の写真。僕が女性恐怖症になる直前の頃の写真。

だとしても、姉妹たちの誰にもこの写真について覚えているような様子は見られないし、写真を送ってきたのが四姉妹の誰だとしても、それを名乗り出ず、表に出してこないなら、僕としても藪《やぶ》をつつくような真似《まね》はする必要がない。

このまま、見なかったことにして。

なかったことにして。

変わらず、家事代行として彼女たちと付き合っていけばいい――

そんなことを考えながら、今日も吉城寺家の門戸を開いた。


すると、全裸の少女がいた。


地上30階から望む、東京の街並みと真っ赤な東京タワーをバックに。

長い黒髪の、真っ裸の少女が、僕のほうを振り返って、立っていた。

新雪のような肌。しなやかな脚線美。控えめだが形のいい膨らみ。

それらに気を取られながらも、僕の脳裏には二つのことがよぎっていた。

――裸族がいますからね、ウチには

かつて竹奈々が言及していたその情報と。

もう一つは。

その全裸の少女の顔に、見覚えがあるということだった。

少女は、エントランスのところで愕然《がくぜん》と凍りついている僕を見つめて、意味深に――あるいは胡散臭《うさんくさ》く微笑《ほほえ》む。

僕はその微笑みを何度も見た。

どこでかって？

忘れるはずもない――あいつと話すときは、いつもあの場所だった。

学食の、窓際カウンター席。

「あーあ」

ここにいるはずのない女が、どこか楽しそうに言う。

「バレちゃったね――君子くん」

第5章　絵描き長女・菊莉の秘密

高校に籍を置く最大のメリットは、本物の女子高生の姿を間近で観察できることだ。

しかしながら、それだけのために毎日何時間も授業に費やすには、私という人間はあまりにも忙しすぎた。そもそも高校程度の内容ならば、中学2年の頃には大体頭に入れてしまっている。そうなると、取材対象が教室から解放される昼休みと放課後にだけ学校の敷居を跨《また》ぐ、というのが賢い人間のやり方だと言えそうだった。

言い訳である。

詰まるところ私は、生の人間と面と向かって接して生きていくことができない社会不適合者で、そのくせ、ティーンエイジャーの特権たる青春というものに対して、ただその空気に触れていたいと思うくらいには、未練がありありなただの陰キャだった。

イラストレーターとしてデビューしたのは14歳のとき。

学校に行かなくなったのは15歳のとき。

元々、学校に通うのは非効率で面倒だと思っていた――教科書を一読すればわかる程度のことを教えてもらうのに、どうして何ヶ月もあんな小さな教室にすし詰めにされなければならないのか、本気で疑問だと思っていた。

それと同時に、周りにいる同年代の少年少女たちが眩《まばゆ》く、輝かしく見えた。彼らは自分に何が足りないのかをまだ知らない。その無知がもたらす可能性の輝きに憧れていた。

私は、自分に何が足りないのかを知っている。

だからこそ、学校に通い、友達を作り、学園祭を楽しんだり体育祭で競ったり、修学旅行で思い出を作ったりすることに、意味がないとわかっていた。

攻略サイトを見ながらゲームをプレイすると、効率が良すぎて逆にすべてを楽しみきれないように。

私にはわかっていた――自分に足りないものは、この場所には存在しないと。

それでも足を運ぶのをやめられなかったのは、やっぱり未練としか言いようがない。意味などないとわかっていながら神社で神頼みをするのと一緒で、学校という場所に存在しさえすれば何かが変わるのではないかと、おぼろげで無根拠な期待が私のどこかに存在していたのだ。

多分、それにはっきり気付いたのは。

彼に話しかけられたときだった。

『隣、空いてますか?』

学食の窓際、カウンター席。

メガネをかけた少年が、質素なメニューを載せたトレイを持ちながら。

私が未練ったらしい、ぐずぐずした女であることを教えてくれた。

吉城寺《きちじょうじ》菊莉《きくり》が、そのとき始まったのだ。

◆

僕はやはり、凍ったように動けないでいた。

理性ではわかっている。全裸の女子の姿を長々と眺めているべきじゃない。しかしあまりにも予想だにしなかった事態に、僕の五感は少しでも多くの情報を求め、食い入るように彼女の姿を観察してしまっていた。

しなやかで細い足。ぷりんとカーブを描くお尻。両手で包めてしまいそうな細い腰。妹よりもはっきりと主張している胸の膨らみ。窓から射《さ》す光を受けて艶《あで》やかに輝く長い黒髪に、まるでこちらを試すような胡散臭い薄笑み――

「そんなに熱い視線を送らないでくれよ」

そして、声。

それは紛れもなく、昼休みや放課後の学食でいつも聞いていた、三鷹松葉《みたかまつば》のものだった。

「今は蘭香《らんか》も竹奈々《ちなな》もいないし、梅瑠《める》も寝てるんだよ？　うっかり私が興奮して、一線を越えてしまったらどうするんだい」

「みっ、みたっ、三鷹っ……⁉　なっ、なんっ……⁉」

「改めて自己紹介しよう」

三鷹は身体《からだ》を隠す風もなく、むしろ見せつけるように腰に拳を置いて仁王立ちした。

「三鷹松葉とは仮の姿——その正体は、吉城寺家長女にして最強イラストレーターVTuber、吉城寺菊莉だったというわけさ！」

「その前に隠せえーっ！　見えてる！　全部見えてる！」

僕もようやく性欲と羞恥が追いついた。心臓の鼓動が爆発するのを聞きながら、横に90度顔を背ける。そこにあるシステムキッチンを一心不乱に睨《にら》みつけた。

興奮というより罪悪感のほうが大きい。女友達の裸を見てしまった……。胸どころか、一番大事なところさえも。毎日妹とお風呂に入っていなければ、今頃はあまりの罪深さに出家していたかもしれない。

くすくすと、三鷹——いや、菊莉が含み笑いをする気配がする。

「いいリアクションをしてくれるじゃないか。その反応が見たくて裸になっているようなものだ」

「確信犯かよ⁉」

「もちろん嘘《うそ》だ。ちょっとした油断でね。君が来るのはもう少し後だと思っていた。私は元々、家の中では服を着ない主義なんだ。そのほうが効率的だしね」

「だったら隠せ！　驚け！　恥ずかしがれ！　どうして平然としてるんだ！　君はリンゴ食う前のアダムとイブか！」

「もちろん私も原罪背負った人間だとも。その証拠に今、君に不意打ち気味に全裸を見られたことに対してとても大きな興奮を抱いている」

「女友達のそういうの聞きたくない！」

「冬場みたいにビンビンだ」

「やめろーっ！」

やはりこいつは三鷹なのだ。ふざけた言動を聞いているうちに、その確信がゆっくりと僕の全身に染み渡ってきた。

三鷹松葉が、吉城寺菊莉だった——

ということは、何か？　僕の今までの度重なる愚痴や相談も、全部わかっているくせに知らんぷりをして聞いていたってことか？　なんて奴《やつ》だ。演技力を褒めればいいのか騙《だま》されていたことに怒ればいいのかわからない。

「やれやれ。服を着ないと顔を合わせて話すこともできないとは」

菊莉は溜《た》め息《いき》をついた。正しいのは絶対僕だ。

「まあいいさ。いずれにせよここじゃゆっくり話せないし、服を取りに行きがてら私の部屋に行こう。ついてきてくれ、君子《くんし》くん」

地球上で三鷹松葉しか使わない呼び方が耳朶《じだ》を打った後、ぺたぺたという足音が階段を上がっていく。

僕はそこでようやく直角に捻《ひね》っていた首を元に戻した。吹き抜けの2階に、白いお尻がちょうど消えていくところだった。

僕は恐る恐るその後を追いかける。階段を上りきったところで左の壁に身を隠し、角から顔だけを覗《のぞ》かせて廊下を見やる。と、ちょうど菊莉が突き当たりのドアを開くところだった。後ろ姿だと長い黒髪に背中もお尻も隠され、なんとかギリギリ直視できる。

菊莉が部屋の中に入ってバタンとドアが閉じられるのを確認すると、僕も廊下を直進してそのドアの前に立ち止まった。

2階の一番奥にあるこの部屋――この家に通うようになって2ヶ月以上になるが、この部屋には一度も入ったことがない。

マスターベッドルームだと聞いている。要は一番広い寝室だ。なんでもこの部屋にだけ専用の風呂までついていて、ほとんど室内だけで生活が完結するのだとか。

本来は家主である理事長が在しているべき部屋なんじゃないだろうか。どうせ家にはいないからと長女に譲ったのか？

ほんの20秒程度で、ドアは内から開けられた。

「お待たせ。どうぞ」

顔を出してそう言った菊莉の格好を、僕は注意深く観察する。

無地の大きなシャツを一枚纏《まと》っただけだった。股間はかろうじて裾の中に隠れているが、白い生足が相変わらずむき出しになっている。

「君……その状態を『服を着ている』と見做《みな》しているわけじゃないだろうな」

「あいにく、制服は洗濯中でね」

「制服以外はその服しかないのか？」

「安心したまえ。ちゃんとノーブラノーパンだよ」

「会話が繋《つな》がってない！」

シャツの胸のところにぷっくりと浮き上がっている突起を、僕は服のしわだと思い込むことにした。

中に入る。

菊莉が軽やかな足取りで歩いていく空間の大きさに、僕は圧倒された。キングサイズ？　クイーンサイズ？　とにかく大きな、成人が3人は並んで寝られそうなベッドが置かれてもなおあまりある広さ。左手の窓から繋がっている、バーベキュー会場みたいなウッドデッキのバルコニーが、この広大な空間にさらなる開放感を与えている。

クローゼットの類がないなと思いきや、どうやら右手側にある引き戸の向こうがウォークインクローゼットになっているらしい。開けっぱなしの引き戸を不躾《ぶしつけ》ながら少し覗き込んでみると、その中にさらにドアが存在した。聞き及んでいる情報を考え合わせる限り、どうやらそのドアが風呂場に繫がっているようだ。

家の中に、家があった。

この部屋だけを借りたとしても、君永《きみなが》家が今住んでいるアパートに1年住めるくらいの家賃が毎月かかるんじゃないか。まるでマトリョーシカのようだった。

ベッドの横の壁際に設《しつら》えてあるL字型のデスクに菊莉は歩いていく。デスクにはモニターが三枚と、絵を描くためのものだろう大きなタブレット——液タブ、とか言うんだったか——があった。まさしくイラストレーターのデスクだ。

菊莉はこちら側を向いていたゲーミングチェアに腰掛ける。そしておそらくはわざと——いや、間違いなくわざと、シャツの裾から伸びた生足を艶《なま》めかしく組んでみせた。

「まあかけてくれたまえ。申し訳ないが、来客用の椅子などという気の利いたものはないのでね」

菊莉の指が巨大なベッドを指す。

僕は遠慮がちな足取りでフローリングを移動し、ゆっくりとベッドの端に腰掛けた。お尻が深く沈み込み、膝が菊莉の脚と直角を描く。

「それで？」

菊莉は肘掛けに頰杖《ほおづえ》をついた。

「質問はあるかな？　今だけは胸襟を開いて話そうじゃないか」

僕は菊莉の胡散臭《うさんくさ》い笑みを見ながら、しばし考える。

でも結局、まず問うべきはこれしかなかった。

「なんで黙ってた？」

「何をだい？」

「君が三鷹松葉で、吉城寺菊莉だってことをだ！」

こいつとは、もう1年ほどの付き合いになる。

きっかけは昼休みの混み合う学食で、たまたま隣の席に座っただけだった。それからなんだかんだとよく話すようになり、1週間もした頃には、あの窓際のカウンター席でこいつと会うのが当たり前になっていた。

なのにどうして、この2ヶ月間、正体を隠し通していた？

吉城寺菊莉だとバレてはいけない特別な理由でもあったのか？

僕の大いなる疑問を孕《はら》んだ視線を、菊莉は悠然と受け止めた。その瞳の奥には僕には窺《うかが》い知れない秘密を宿した闇が渦を、

「君が気付かなかったからだよ」

「……は？」

「君がさっぱり気付かないもんだから、私も面白くなってうっかり話しそびれたんだ」

「そ……それだけか⁉」

「それ以外にないだろう」

「気付くわけないだろうが！　見た目も話し方も、声だって全然違うじゃないか！」

「結構、声作ってるからね、私は。可愛《かわい》かったかい？」

「そりゃあ確かに、配信者なら多少は声色を変えるもんだろうけど――」

「――学食で話す私は」

「そっちで作ってたのかよ⁉」

僕が本気で驚くと、菊莉はけらけらと笑った。

「嘘嘘。こっちが素《す》だよ、どっちかといえば」

「曖昧だな……」

「人間、自分の素がどんな人格かなんて、はっきりとはわからないものだろう？　家族に見せる顔と友達に見せる顔だってまた違うものだし」

「またなんとなく意味深そうなことを……」

と、つぶやいたところでハッとした。

この世の中を一歩も二歩も引いたところから傍観しているような、仙人めいた口振りあった。

――三鷹松葉も確かに宿していたその雰囲気を、言われてみれば菊莉も発していることがあった。

例えば、僕はこの家で働き始めたばかりの頃――

――だって、世界はこんなに色んな物で溢《あふ》れているのに、暇すぎるんだもの
あの答えなんか、まさに、三鷹松葉が言いそうなことじゃないか。

僕は深くうなだれて溜め息をついた。確かに気付いてもおかしくなかったのだ。

そう思うと、さらに引っかかってくることがある。

「君は最初から、家事代行として雇われたのが僕だって、知ってたのか」

「そうだね」

「僕が初めてこの家に来て、オートロックを開けてもらったあのときからか？」

「そう思うかい？」

「……いや」

僕は背中を丸めたまま顔を上げて、菊莉のすべてを見通したような薄笑みを見上げた。

「ずっと疑問だったんだ……。いくら学年1位とはいえ、理事長はなんで娘しか住んでいない家に同年代の男を雇い入れようと思ったんだろうって。――君が言ったのか？」

長女である彼女が。母親である理事長に。

退学になるかもしれない僕を――助けろ、と。

「まさか。いくら娘の言うことといえども、そう簡単に権力を使ってはくれないさ」

でもまあ、と菊莉は足を組み直した。

「ダメ元で提案することくらいはできる——唯一の、学校の友達なんでね」

……そういう、ことだったのか……。

こんなうまい話があるものか。家事代行の話をされたとき、僕はそう思っていた。

でも縁故採用だったなら納得はできる。

ヘマをした僕の首の皮を繋いだのは……彼女だったのか。

「——ありがとう」

僕は座ったまま、深く頭を下げた。

「理事長の話がなかったら、今頃どうなってたかわからなかった。ここはいい職場だ。雇い主たちが少々厄介ではあるが——心から恩に着る」

「顔を上げてくれよ、君子くん」

言われた通りに顔を上げる。菊莉は組んだ足を解くと、ゲーミングチェアの座面に手をついて前に身体《からだ》を傾け、僕の顔を覗き込んだ。

「私は親の七光りを振りかざしただけだ。大したことは何もしていない。別に私に恩を感じる必要なんかないいんだよ」

「しかし……」

「そんな調子でいたら、ヌードモデルになれって私に言われても抵抗できなくなるよ？」

「ぐ……」

いかにも言いそうで嫌だ。

「私に局部を舐《な》めるように観察されるのが嫌だったら、的外れの恩義なんて忘れてしまうことだね」

「いや、でもそれじゃ僕の気が――」

「そのときは妹たちも呼ぶよ」

「わかった気持ちだけ受け取ってくれ」

ギャーギャー言いながらも結構ノリノリで見物に来るあいつらの顔が目に浮かぶ。

菊莉はくすくすと笑い、

「それでいいんだ。私も三鷹松葉として、1年間友達をやってきた者として、君に余計な貸しは作りたくない」

「三鷹松葉っていうのは、偽名なのか？」

「そうだよ。君と会ったとき、適当に考えた」

「なんで偽名を名乗ったんだ？　あの時点では、僕がこの家の家事代行になるなんてわからなかったはずだろう」

「それは――」

そのとき、菊莉は確かに、一瞬だけ、言葉を選ぶ間を取った。

「――吉城寺という名前は、我が校では有名だからね。不登校のはずなのに、実は学校に来ていることを知られたくなかったんだ」

もっともらしい理由。

だけど僕の頭には、別の理由がよぎっていた。

もしかして、

「前に僕と会ったことがあるのか？」

気付いたときには、口をついて出ていた。

僕の中ではちきれんばかりに膨れ上がっていた疑問が、きつくなった服のボタンが弾《はじ》け飛ぶかのように、僕の口から飛び出していた。

菊莉は――ことりと、十時の角度に顔を傾ける。

「前に……って？」

「だから……1年前に会うより、もっと前の……例えば」

――今度も、私を選んでくれるよね？

「小学生の頃……とか」

あの写真には、四姉妹のうち、蘭香と梅瑠と竹奈々しか写っていなかった。

なぜ菊莉だけがいないのか。

蘭香から、彼女たち四姉妹は実は血が繋《つな》がっていないと聞いた今なら、一応の説明はつけられる。写真が撮られた当時、菊莉はまだ彼女たちの姉ではなかったのだ。

しかし、可能性はもう一つある。

あの写真を撮ったのが——菊莉であれば。

そこに写っていないのは、当然のことだった。

「……まさか」

菊莉は、韜晦《とうかい》の笑みを口元に滲《にじ》ませた。

「実は私たちは幼馴染《おさななじ》みだった、って？　もしそうだったら、君だって私のことを覚えているはずなんじゃないのかな？」

「小学生の頃の記憶なんて曖昧なものだろう。それに、どうしても思い出せない時期があるんだ。君永の家に引き取られる少し前……多分、今から7年くらい前……」

「君子くん」

断ち切るような声だった。

僕が過去に向かって伸ばした糸を、ぱつん、と断ち切るような。

「どうしても思い出せないんなら……思い出さないほうがいいんじゃないかな？」

柔らかな、しかし頑《かたく》なな笑みが浮かんでいた。

「嫌な記憶ほど頭に残るものだ。だけど度が過ぎれば、今度は深く深く心の底に沈められる。そういう、決して思い出してはいけない、忌まわしい記憶だったなら、詮索は無用のはずだ。藪《やぶ》をつついて蛇を出す必要はない」

——知っているのか？

今まで、僕の子供の頃について、何かを知っているような素振りをした姉妹はいなかった。

しかし、菊莉のこの様子は。

今まで1年間、三鷹松葉として接してきた彼女が一度も見せなかったものだった。

「三鷹——いや、菊莉。もし何か知っているなら——」

菊莉が着ているシャツをガバッとまくり上げた。

「どあっ⁉　いっ、いきなりなんだっ⁉」

「そろそろ仕事に取りかからなくちゃならなくてね。そして私は、全裸じゃないと作業に集中できないんだ」

菊莉はシャツから頭を引っこ抜き、長い黒髪を宙に躍らせる。再び、今度は間近で目の当たりにしてしまった白い柔肌から目を逸《そ》らし、僕は慌ててベッドから立ち上がった。

「出ていく！　出ていくから！」

「そうかい？　悪いね、ろくにお構いもできずに」

菊莉は脱いだシャツをファサっとベッドの上に放り投げる。

僕はそんな彼女に背を向けて、足早に廊下に続くドアを目指した。

ドアノブに手をかけて、僕は一度だけ、ちらりと後ろを振り返る。

菊莉はすでにデスクに向かっており、その表情を窺《うかが》い知ることはできなかった。

やっぱり……何かあったんだな。

あの写真は、あのメールは、ただの悪戯《いたずら》じゃないんだな。

僕はドアノブを捻《ひね》り、廊下に出て、菊莉の姿をドアの向こうに封じる。

思い出せないんなら、思い出さないほうがいい。

その通りなのかもしれない。

でも、もし、君が——君だけが、その思い出さないほうがいい記憶を抱えているんなら。

「それは……ちょっと、水臭くないか、三鷹」

唯一の友達なのは……君にとって、だけじゃないんだ。

◆

夏。放課後。

学食の中にも窓の外の中庭にも、もう指で数えられるほどの人気《ひとけ》しかなかった。

コンクリートジャングルたる東京都の真ん中で、一体どうやって隠れ住んでいるのか、けたたましい蟬《せみ》の声が冷房の効いた学食の中に染み入ってくる。窓越しに見える中庭が、おぞましきヒートアイランド現象でじりじりと蒸し焼きにされているのを他人事《ひとごと》のように眺めながら、私はセルフサービスの水の氷をからんと鳴らした。

『もうすぐ夏休みだけど、君子くんは何か予定があるのかい？』

親愛なる私の友人・君子くんこと君永織見《しきみ》は、期末テストも終わったというのにカウンターテーブルに教科書を広げていた。私の質問にも顔を上げないまま、ロボットのような手つきでノートに数式を書き込んでいく。

『バイト。それと勉強』

片手間の返答に、私は苦笑を滲ませた。

『色気がないねえ。一度きりの高1の夏休みを有意義に過ごそうとは思わないのかい？』

『僕にとってはそれが一番有意義だ。そもそも三鷹、君の言う有意義な夏休みってのは、おそらくプールに行ったり山に行ったりそういうことだろうと推測するが、人のことを言えた立場か？』

『やめてくれたまえ、どうせお前にはそういうのに一緒に行く友達なんかいないだろうという口振りは。人に言われると結構傷つくんだ』

『自分がされて嫌なことは他人にはしないほうがいいな。僕は別に傷つかないが』

『そうかい。残念だな。寂しがっているようなら付き合ってあげようかと思っていたのに』

『心にもないことを言うなよ。君が僕と遊ぶために新しい水着を卸してくれるって？　1ミリも想像できないな』

私は曖昧に笑って誤魔化《ごまか》した。

そうするのも満更ではない――どころか、ビキニにするかワンピースにするかどうしようか、というところまで考えを進めていたことを知ったら、彼はどう思うだろうか。

『君こそ、夏休みをどう過ごすつもりなんだよ。学校に来てもお目当ての女子高生にはほとんどありつけないぞ』

『甘いな、君子くん。部活中の体操着女子がいるじゃないか』

『体育館やグラウンドに出没するつもりか？　いよいよ通報されても文句は言えないな』

『おかしいなあ。私もれっきとした生徒なのに……』

『それははっきりと身元を証明できる奴《やつ》だけが言うべきことだ』

『まあ仕方ない。河岸《かし》を変えるとしよう』

『どこに？』

『学生が集まりそうなところがいいな。図書館なんかどうだろう。きっとこの夏が勝負の中3や高3が大漁に違いない』

『…………まさか、記念公園の中央図書館じゃないだろうな』

『近場で言うとそこだね。何か不都合でもあるのかな？』

　私がにっこり――だと自分では思っているのだが、人から胡散臭《うさんくさ》く見えるらしい――と笑うと、君子くんはうがいした水をそのまま飲み込んだ人を見るような目を私に向けた。

『僕が休み中にそこを使うことが多いって、知ってたのか？』

『おや、そうなのかい？　それは奇遇だなあ。休み中も顔を合わせることになりそうで嬉《うれ》しいよ』

『会いたいなら会いたいって言えよ……。はっきり言って気味悪いぞ』

『恥ずかしいじゃないか』

　きっと君の目にはそう映っていないんだろうけれど、これは決して違《たが》わぬ私の気持ちだった。

　君子くんに対する私の感情は一言では説明できない。

　恋愛のようでもあるし、友情のようでもある。

　欲望のようでもあるし、親愛のようでもある。

　ただ確かなのは、私にとって夏という季節が特別な存在であることだ。配信者の間で数多《あまた》の企画が立てられ、お盆進行によってイラストの締め切りが早まり――何よりも、そう、忘れたくても忘れられない思い出のほとんどは、今日みたいな蟬の声が降りしきる夏のことだった。

そんな特別な季節を、君子くんと一回も顔を合わせずに過ごすなんてことは、私にはもう、考えられないことなのだ。

だから恥を忍んで、勇気を出して、冗談めかして、君の時間を予約せずにはいられない。

たとえ、今は、君の横にいるのが、私だけなんだとしても。

◆

衝撃の事実が発覚した日でも普通に仕事はあり、終わればいつものように自宅に帰る。

容赦がないようで救いのあるルーチンワークで棚上げしていた問題は、冷たい夜気を切り裂きながらペダルを漕《こ》ぐ段になって、暇になった脳髄を働かせようとするかのように浮かび上がってきた。

菊莉は、僕に何か隠している。

別に名探偵よろしく知的好奇心が旺盛なわけじゃないが、こうも目の前に秘密をぶら下げられると気にならないわけにはいかない。そこに自分が関わっている可能性が濃厚であるならばなおさら。

もうあのメールのことは、写真のことは、なかったことにするつもりだった。

しかし、菊莉だけがその真実を抱えていて、しかも『思い出さないほうがいい』などと言うのなら。

へそが捻《ね》じ曲がっている僕としては、言う通りにするわけにはいかない——

「ただいまー」

アパートの玄関に入って靴を脱ぐ。茶の間のほうからテレビの音に混じって、

「ほかえりー」

という、志乃実《しのみ》のこもった声が返ってきた。

居間に行くと、志乃実がテレビを見ながら、スーパーで買ってきたお徳用のせんべいをバリバリムシャムシャやっている。あれを咥《くわ》えたまま返事したらしい。

父さんと母さんは今日も遅いのか。

僕は制服のネクタイを緩めながら、

「なあ、志乃実。出会った頃の僕って、どんな奴だった？」

尋ねると、志乃実は再びせんべいを咥えたまま振り返った。

「何ー？　いきなり。その話、この前もしなかったっけ？」

僕のおぼろげな記憶と、写真の僕の姿から推測するに、あの写真が撮られたのは僕の養子縁組が決まる少し前——せいぜい1年以内のはずだ。その頃の僕について一番よく知っているのは、志乃実を含む君永家の面々だろう。

当時の僕のことを知れば、その少し前にあったはずの出来事について、少しは推測が立つかもしれない。

「ちょっと己を顧みるターンに入ってるんだよ。何か覚えてないか？　僕が家に来てからでも、施設で会ってた頃のことでもいい。何か具体的なエピソードというか……」

「えー？　めちゃくちゃ暗かったことしか覚えてないなあ」

僕自身の記憶でもそうだ。

しかし、菊莉を除く三姉妹と写真に写っている過去の僕は、快活な笑みを浮かべていた。3人に囲まれる位置に立っていたし、まるで4人のリーダー格のようだった。

それを踏まえてよくよく思い出してみれば、小学生時代の前半、ちょうど写真が撮られただろう時期までは、僕は決して、人付き合いが悪い人間でもなければ人見知りをする人間でもなかったような気がするのだ。

子供の頃の性格の変容なんて、今まで疑問にも思わなかったが——菊莉が隠している何らかの秘密が、それに関わっているんだとしたら。

「そういえば、織見くんの陰キャエピソードで言うとさあ」

志乃実はまるっきりデリカシーのない陽キャのノリで語り出す。

「施設で会ってたときだっけ？　わたしには珍しくお絵描きして遊んだことがあったよね」

「お前が？　そんなおとなしい遊び方できないだろ」

「せめて過去形で言ってよ〜。あったんだよ。確か雨が降ってたんだっけ？　それで外に出れなくなって」

「雨なんか降ってたら、ますます外に飛び出していきそうだけどな、お前は……」

そっちのパターンだったら覚えている。どこぞの家の雨樋《あまどい》から流れ落ちる水で滝行ごっこをさせられた。

「わたしにも濡《ぬ》れたくないときぐらいあるって。とにかくお絵描きしてたの！　わたし、クラスでは結構絵上手《うま》いほうでさ〜、何を描いたか忘れちゃったけど、ドヤりながらそれを織見くんに見せたんだよね。そしたら一言——」

志乃実はすんっと無表情になって続けた。

「『大したことないな』」

「うわ」

友達いなそうな子供だな。

「それで『おもしれーやつ！』って思ったんだよねー」

「なんでだよ。少女漫画の男かお前は」

「その後、だったら自分で描いてみてよって言ったらクソ下手でさー。めちゃくちゃ笑った記憶あるなー」

図画工作は苦手なタイプだった。中学の頃も美術の成績だけずっと2だった。

「自分は下手くそなくせに、なんであんなに上からだったの、織見くん？」

「わからないよ。その話自体を覚えてないんだから――」

――大したことないよ、こんなの

……ん？

今のは……いつの……？

記憶だった。頭の奥底から、まるで釣り上げられるように浮き上がってきた、僕の記憶だった。

声……。多分、女の子の。手元に画用紙……。明るい陽射《ひざ》し。

蟬の声が聞こえる。

「…………！」

僕は外したネクタイをその辺に放り投げて、居間を飛び出した。

「織見くん？」

志乃実の怪訝《けげん》な声を置き去りに、僕は妹と共有のふたり部屋へと駆け込む。

確か……あったはずだ。タンスの一番右下の引き出し……。

それを引き開けると、大量のガラクタが姿を現した。粘土で作った謎の置物、木を彫って作ったスプーン、16色の色鉛筆、クッキーか何かの四角い缶……。

施設から持ってきた、僕の私物。

この家に引っ越すときに、ほとんどは処分してしまったはずだ。しかし大してかさばらないものは気まぐれに残して、この引き出しにまとめて突っ込んであった。

施設を出て以来、これらのガラクタをちゃんと見直したことはない。

この中に……あるかもしれない。

あのときの絵が。

僕は引き出しの中を上から掘り返していく。すぐに底に突き当たったが、目的のものは見つからない。

だったら、この缶か。

子供というものは、その辺にある缶に大事なものをしまって、勝手に宝箱にしてしまうものだ。残っているとしたら、この缶の中に――

それを散らばったガラクタの真ん中に置くと、僕はゆっくりと蓋を開いた。

まず目についたのは、やはり何の意味もありそうにない、しかし子供にとっては大事そうなガラクタの数々だ。何のものだかわからない金メダル、古びた30センチ定規、年代物のカセットテープ、そして一番下に――

折り畳まれた画用紙。

僕はそれを慎重に引っ張り出した。四つ折りになっているそれを、一回、二回、床の上で開く。

十字の折り目が深々とついたそれは、さっき話に出た、志乃実の絵ではなかった。

クラスで一番上手い――どころじゃない。

おそらく画材はクレヨン。健やかな空色が上部を占め、下部には灰色のビルがひしめいていた。それらにしっかりと影がついているばかりではなく、ビル群にはいわゆる消失点があり、奥に行くほどかすんでいる。ビルの群れの少し右のところには、陽光を照り返す真っ赤な東京タワーが、その複雑な構造を少しも簡略化されずに屹立《きつりつ》していた。

画材は子供そのもの。

だけど、普通の子供にこんなリアルな東京が描けるか？

何よりも僕の意識を強く引っ掻《か》いたのは、この古い画用紙に描かれた風景に強い見覚えがあったことだ。

少しだけ違う。おそらく高さだ。

だけどこれは、紛れもなく――

――吉城寺家があるマンションから見た風景だった。


――うわっ！　すげえ！　プロじゃん！

——大したことないよ、こんなの。見たまま描いてるだけだし……

——そんなことないって！　こんなの菊莉にしか描けないよ！


「…………………………………………」

もう、はっきりとわかる。

手元に画用紙。強い陽射し。蟬《せみ》の声。

そして隣には、一つ年上の女の子。

——僕と菊莉は、小学生の頃に、出会っている。

◆

充実した夏だった。

配信回数は過去最高を更新し、娘——私がキャラデザを担当したVTuberのことだ——の3Dライブにもゲスト出演した。絵描きが歌など片腹痛い、と斜に構えていた私はどこへやら、もうすっかりインターネットで歌声を発信することに躊躇《ちゆうちよ》がなくなっている。

もちろん、暇な日には例の図書館に足を運び、君子くんと小声で雑談に花を咲かせた。たまにはふたりで街を歩くこともあったけれど、デートとはあえて呼ぶまい。彼のほうにさっぱりそういうつもりがなさそうだからね。

　イラストレーターになってからこっち、生活圏が半径10メートルを超えなかった私にとって、雪合戦をする熊がごとき、あまりにも例外的な夏だった。

　しかし反動というものはあるもので、それが終わると私は毎日のように行っていた配信を休み、チルい時間を求めてイラストレーター仲間の作業通話要請に応えていた。

『お疲れ様です〜』

『お疲れ様〜』

　通話アプリから流れてくる水吉《みよし》さんのふにゃっとした柔らかい声に、私も力の抜けた声で答える。

『最近お忙しそうでしたねえ。頭が下がっちゃいますよ〜』

『何を言うやら。配信時間はあなたのほうが全然上じゃないですか』

『わたしは好きにゲームしてお絵描きしてるだけですから。栗木《くりき》さんのとは全然違いますよぉ』

　水吉シメイさんとはお絵描き仲間兼配信者仲間だ。瑞々《みずみず》しい青春の一瞬を切り取ったイラストを得意とするイラストレーターであり、私と同じようにVTuberとしての身体《からだ》を持つ配信者でもある。企画配信やお絵描き配信、雑談配信が主である私と違って、彼女は長時間のゲーム配信が多い。

イラストレーターとしては彼女が先輩、配信者としては私が先輩。年齢が比較的近いこともあり、私にとっては最も距離の近い同業者だった。

『栗木さんの３Ｄ、おっぱいにめちゃくちゃ力入ってますよね〜。汗ばんだ谷間に指突っ込みたい』

『わかってくれますか！　やっぱり３Ｄは奥行きを活《い》かさないと！』

何より、爽やかな作風に反して性欲の化身なところが、私と気の合うポイントだ。君子くんは何かにつけて私を変態呼ばわりするが、私などこの人の足元にも及ぶまい。

話してばかりではなく手も動かす。私が描いているのは今度出る栗木ひそかのフィギュア用イラストで、水吉さんが描いているのはライトノベルの口絵らしい。

会話の内容は、最近見ているアニメや配信者界隈《かいわい》で流行《はや》っているゲーム、厄介なリスナーへの愚痴や肩こりに効くアイテムなど、多岐に亘《わた》った。君子くんと仕事関連以外では久々に人と話すので、溜《た》まっていた話題が堰《せき》を切ったように溢《あふ》れてくる。

それらもいい加減吐き出し尽くした頃、水吉さんが遠慮がちに、こんな質問をしてきた。

『あの……ちょっと気になってるんですけど……最近、どんな絵描いてます？』

『ん？　そうですね……。自分のサムネ用のイラストと……あと配信で描いたイラストと、娘のライブのキービジュアル――』

『配信が関係ないところでは、描いてないんですか？』

私は、時が凍りついたように沈黙した。

『あ、いや、責めてるわけじゃないんですけど、栗木さんといえば1日1枚当たり前な生産力の鬼っていう印象だったので、その頃に比べたら減っちゃったなあ、と……』

『……仕方ないですよ。配信もやってますし』

『配信も、今年はだいぶ増えましたよね。何か心境の変化でもあったんですか……？』

今年、じゃない。

正確には今年度――学食の窓際で、声をかけられてから。

『……こんなことを言うのも、踏み込むようであれですけど――』

遠慮がちな声で、しかし鋭く――水吉さんは、今の私の隙を突く。

『――栗木さん、イラストレーター、辞めませんよね……？』

◆

「もう火消しちゃうの？」

「そうだ。あとは余熱で充分」

エプロンをつけた蘭香が、ちょっと不安そうな顔でコンロの火を落とす。

前に弁当を作ってくれたときから、蘭香は頻繁に、僕の夕食作りを手伝ってくれるようになった。仕事を少しサボっているようで気が引けるが、せっかく本人がやる気になったのだ。それを尊重して、僕は自分が持ちうる技術を彼女に教え込んでいた。

最初こそ包丁を握るのもおっかなびっくりだったが、1週間も経《た》った頃には大分様になっていた。最近はもうきちんと頼れる戦力になりつつある。

あとは蘭香に任せても大丈夫だろうと考えて、僕はキッチンを出る。配膳をする前に、ダイニングテーブルを綺麗《きれい》にしておかないとな。

テーブルを布巾で磨いていく。曇りが取れて、わずかに僕の顔が映る。その表情には、おそらく僕自身にしか気付けないであろう、しかし拭い去りがたい曇りが残っていた。

僕と菊莉は、幼い頃に会っていた。

はっきりと思い出したのはあのワンシーンだけ。彼女が描いた絵を僕が褒めて、彼女はそれに少し照れたように謙遜する。

この事実を、菊莉は覚えていないのか？

それとも、忘れたふりをしているのか？

三鷹松葉として僕と出会ってから……1年間も？

だとしたら、それはなぜだ……？

テーブルを拭き終わると、僕はキッチンの蘭香から距離を取るようにリビングに出て、スマホであの写真を見た。

小学生の僕、蘭香、梅瑠、竹奈々……。

この写真を送ってきたのが菊莉だとしたら、なんでわざわざ自分が写っていないものを選んだんだろう。これしか残っていなかったから？　あるいは、かねてよりの推測の通り、この写真を撮影したのが菊莉だから……？

未《いま》だ思い出せないが……もしこの写真を見たことで、僕がこのときの記憶を取り戻した場合を考えてみる。

横に並んで撮影されている3人のことは目に入らないが……僕たちの正面に立ち、僕たちにレンズを向けている撮影者の姿は、目に入っているはずだ。

つまり、この写真のシーンを思い出すことで僕の脳内に再生されるのは、菊莉の姿……。

考えすぎかもしれないが、この写真を送ってきた目的が菊莉自身を思い出してもらうことだとするならば、今までそういった素振りを一切見せてこなかったこと、そして『思い出せないいんなら思い出さないほうがいい』と僕に言ったことと矛盾する。

菊莉は何を考えているんだろう……。

そしてなぜ、僕はこんな大事そうなことをまったく思い出せないんだろう。

僕たちに一体、何があったんだ……？

「せんぱい！」

僕は慌ててスマホをポケットにしまった。

階段を降りてきた竹奈々がそれを見咎《みとが》めて、獲物を見つけた鳥のように目を輝かせる。

「どうしたんですか？　エッチなものでも見てました？」

「見るか。こんなところで」

「ほうほう。こんなところじゃなかったら見ると」

「ただの一般論だ」

「へぇ～？　気になりますね～。一般的な男子高校生はどんなものを見るんでしょう？　なんなら実践してあげますよ？」

「さあな。猫動画でも見るんじゃないか」

「にゃ～♥」

色っぽい演技をすっかりマスターした竹奈々は、もはやただの猫の真似《まね》でさえどこか艶《あで》やかだった。

「そんな風にふざけてる暇があったら梅瑠を呼んできてくれ。そろそろ飯だ」

「梅瑠姉《ねえ》ぇだったら今日はもう配信始めちゃってますよ。あとで売名がてら持っていきます」

「現金な妹だな……」

「えへへ」

まったく不思議な家族だ。血が繋《つな》がっていないし、バラバラにご飯を食べることも多い。

なのにそこらの姉妹よりずっと仲がいいんだからな。理事長はこうなることがわかっていて彼女たちを養子にしたのだろうか――

――ああそうか、なるほど。

「なあ竹奈々。理事長が次にいつ帰ってくるかって聞いてるか？」

「え？　確か今は日本にいるはずですけど……この家に帰ってくるかどうかはちょっと。会いたいんでしたら、むしろ学校のほうがチャンスあるかもですよ」

そうか。理事長室か。そういえば、家事代行の仕事を提案されたのも理事長室だった。

「お母さんに何かご用ですか？　――ハッ！　まさかあたしをお嫁にもらう許可を……！」

「許しが出たら家事は君に任せた」

「亭主関白はんたい！」

僕たちの過去に繋がりがあるのだとしたら、僕たちを引き合わせた張本人である理事長が何も知らないはずがない。

まずはきちんと知るべきだ。

僕と彼女たちが、一体どういう関係だったのかを。

◆

2日間に亘った文化祭も、しめやかに終わりを迎えようとしている。

屋上校庭《グラウンド》に並んでいた出店もほとんどソールドアウトの札を出し、ひっきりなしに出し物が催されていた体育館《アリーナ》はすっかり闇に包まれている。

今年初めての10月の夜風。人気《ひとけ》のない校舎9階の窓から、屋上校庭にわだかまる非日常の残骸を見下ろしながら、私はその穏やかな風にほてった身体が冷やされていくのを感じていた。

『今年もなかなか盛況だったね。どうだい？　高等部に上がって初めての文化祭は』

君子くんは窓に背をもたせかけ、まるで興味のなさそうな口調で答える。

『名前は忘れたが、2年の先輩のプレゼンが良かったな』

『……2日間、学校中で屋台だのバンドだのゲームだのを繰り広げていたのに、真っ先に出てくるのが真面目一辺倒な研究発表会の感想かい。君はつくづく進学校適性が高いな』

『それと、君が出たディベート大会だ』

不意打ちに言葉を詰まらせる。君子くんはからかうような笑みを私に向けて、

『見てて胸がすく無双ぶりだった。並み居る相手をことごとく半泣きにして撃沈していく様を称《たた》えて、君に「半べそ女王」の称号を与えよう』

『……それじゃあ私が半べそになってるみたいじゃないか、まったく』

普段は傍観者を気取っているくせに、あのときは少し調子に乗ってしまった。

君の前で、無様を晒《さら》すのは嫌だったから。

『まあ、今年はいい気晴らしになったよ。去年までは、同調圧力で勉強の妨害をされる厄介なイベントだと思ってたが——似たような立場の奴《やつ》がいると気が楽だ』

『君みたいな、普通に教室に通ってるのに友達ができない奴と一緒にしないでほしいなあ』

『君みたいな、教室に通う気もないくせに生徒気分でいる奴と一緒になってやってるんだ。感謝してほしいけどね』

私たちは目を見合わせて、くすくすくっくと密《ひそ》やかに笑った。

今頃教室では、２日間を戦い抜いた生徒たちが笑いながら打ち上げをしていることだろう。祭りはそうして、大きな喧騒《けんそう》から小さな喧騒に移り変わりながら終わっていく。学校という生態系から外れた私たちは、さらに小さな、たったふたりの喧騒の中で、終わりゆく祭りを噛《か》み締める。

私は満たされていた。

こんな時間があるならば、もう他には何もいらない。求めたものは手に入っていた。失ったものは取り戻せていた。開かずの扉にノックをし続けるような真似は、もう私には必要ない。

私が絵を描いていたのは。

君子くん——君に、出会うためだったんだから。

◆

私立染井《そめい》学園の校舎は地上9階建て。その中に中等部から高等部までの教室がぎゅっと詰め込まれている。土地なんかどこを見ても余ってない窮屈な都心では、こうでもしなければ中高一貫の学校など作れないのだろう。

理事長室は9階にあった。

エレベーターから廊下に出て、僕は細長いリノリウムの床を歩いていく。行く手を阻む者も並んで歩く者もなく、それはあたかも戦士を戦場に導く花道のようだ。

横合いの窓からは遠く声が響いてくる。ふぁいとぉー、おー、ふぁいとぉー、おー、ふぁいとぉー、おー。体育館の屋上校庭を走る彼らは、これから始まる戦いを知らない。

去年の文化祭の終わり際、三鷹とこの場所にいたのを思い出す。そう、あのときの彼女は僕にとって三鷹松葉であり、吉城寺菊莉ではなかった。しかし、もう知らないでは済まされないのだ。全裸の彼女に遭遇したあのとき、これまでの1年間は終わりを告げた。新たなる1年間を始めるために、僕は無知のままではいられない。

質実剛健な拵《こしら》えの扉の前で立ち止まる。

アポは取れていた。ダメ元で電話して頼んでみたところ、拍子抜けするくらい簡単に会ってくれることになった。理事長も、いつかこのときが来ることをわかっていたのかもしれない。僕が過去のことに勘付いて、そのことを問い質《ただ》しに来る日が。

少しの緊張を拳に込めて、理事長室のドアをノックした。

「入りたまえ」

僕は、失礼します、と言ってドアを開く。

このドアを開くのは二度目だった。一度目は言うまでもない、禁止されているバイトをしているのがバレて、退学を覚悟したあのときだ。すべてはあのときから始まった。

あのときと同じように――理事長は、重厚なデスクの向こう側で僕を待っていた。

「ようこそ、君永くん。待ちかねていたよ」

理事長――吉城寺芳乃《よしの》の悠然とした笑みを目の当たりにして、真っ先に僕が思ったことは、その喋《しゃべ》り方についてだった。

菊莉の――三鷹の喋り方に似ている。

中性的で、理屈っぽくて、摑《つか》みどころがなくて――こうして聞き比べてみればどうして今まで気付かなかったのかわからなくなるくらい、彼女の喋り方は菊莉と似通っていた。

親子だから？　方言じゃあるまいし、口調が似通うなんて聞いたことがない。

ありえるといえば、そうか――菊莉のあの口調が、この人をモデルに作り上げたものだとすれば。

しかしその仮説は……僕と話しているときの彼女が、まるっきり作り上げられた、仮面でしかないことを示していた。

「理事長……今日は、お訊《き》きしたいことがあってお時間をいただきました」

「どちらの話かね？　公か、私か」

「……私です」

「なるほど。……では、楽にしたまえ。この瞬間から、私は理事長ではないものとする」

そう宣言すると、理事長は立ち上がり、高級そうなカーペットの真ん中に置かれている、応接セットに移動した。

理事長は黒革のソファーに深く腰掛ける。正面のソファーを手で勧められ、僕も遠慮がちにそこに腰を落ち着けた。

理事長の値踏みするような視線に身を硬くしながら、僕は膝の上でぐっと拳を握る。そして覚悟を決めて、単刀直入に本題に入った。

「僕とあなたの娘たちの……過去の関わりについて、あなたはご存知《ぞんじ》ですか？」

理事長は少しだけ目を細めた。それが何によるものなのか、僕からはわからない。

「やはり、その話か」

ただ、声は落ち着いていた。

「そろそろ来ると思っていたよ」

「予想は……されていたんですね」

「当然だね。私が君の立場ならば、なぜ年頃の娘が住んでいる家に同年代の男を出入りさせるのだろうと、不審で疑問で仕方がない」

「だったらもっと早い段階で説明してほしかったものですが」

「悪いね。その件に関しては、君が自分の意思で知ろうとしない限りは……と思っていた」

「……なぜですか？」

「君も、娘たちも、あの頃のことについて不自然なほどに忘れているからだよ——小学生の頃の記憶なんて曖昧なものだとはいえ、あの頃のことだけをあんなにも覚えていないのは、少しばかり異常だ。何かがあったんだろうと察せざるを得ない」

何か……。

「その何かについて、あなたはご存知ないということですか？」

「順を追って話そう」

理事長は組んでいた足を解くと、一度ソファーから立ち上がった。壁際の棚の上にあるコーヒーサーバーで二つのマグカップにコーヒーを注ぐと、それらを持って応接セットに戻ってくる。

長い話になりそうだ。

理事長は「砂糖はいるかな？」と僕に尋ねて、僕は「結構です」と答えた。理事長はマグカップの一方を僕の前に置いて、自分の分のコーヒーに口をつける。

　そうして湿らせた唇で、理事長は語り出した。

「ファミリーホーム、というものがある」

　僕は少し前のめりになって、膝の間で緩く手を組んだ。

「小規模住居型児童養育事業——経験豊かな里親や児童養護施設の職員が、自分の家庭に複数の子供を迎え入れ、養育する。いわば里親制度と養護施設のいいとこ取りのような制度だ。子供同士の交流を活《い》かしながら一般的な生活習慣を学ばせるのが目的らしい」

「……初めて聞きました」

「こんな法的な言葉遣いはしないさ、子供には」

「複数の子供、とおっしゃいましたね。そのファミリーホームで一緒に暮らす子供の数は……具体的に、何人程度なんですか？」

「5、6人……と、いうことになっているようだ」

　僕と……四姉妹を合わせれば、5人。

「ただし、君たちのときは4人だった」

「え？」

「里子が4人と、元々その家に暮らしていた子供がひとり。それが7年前の夏休み——8月の1ヶ月間、君が暮らしていた家の子供の数だ」

7年前の、夏休み――

それが僕と……吉城寺家の姉妹たちの。

「お祭しの通り、そのファミリーホームで1ヶ月間、君と娘たちは家族として暮らしていた。あのマンションでね」

「吉城寺家がある、あのタワーマンションですか？」

「君たちが暮らしていたのはもっと低い階の部屋だったが……私が押さえようと思ったときには、もうその部屋は埋まっていてね。仕方ないから最上階の部屋を取ったんだ」

仕方ないからで一番高い部屋を取るか、普通？

しかしこれで一つ謎が解けた――あの絵の謎が。

僕は確かに、あのマンションで暮らしていた――僕とあの四姉妹は、かつては家族だったのだ。

「君たちを迎え入れたのは、四谷《よつや》さんというご夫婦でね。昔から社会的養護に多大な関心があり、すでに何人もの里子を送り出してきた方たちだった。資産家としての一面もあり、起業した施設出身者に破格の条件で融資をするという活動も行っていた。何を隠そう、私も四谷さんに融資を受けたひとりでね」

「理事長も施設出身だったんですか？」

「そうだよ。君の校則破りを不問にしたのも、若い頃の私に似ているような気がしたからでね。肩入れしたくなってしまったんだよ」

前々から理事長のことは、僕が目指す人生の理想形を生きているような人だと思っていた。

それがまさか、子供の頃の環境まで同じだったなんて……。

「とにかくそういう縁があって、四谷さんとは施設を出た後もしばしば会っていた。そこで一緒に暮らしていた君たちとも顔を合わせたんだ。……先に言っておくけれど、幼い君たちに会ったのはその一回きりで、その後君たちに何があったのか、私はよく知らない。しかしそのときの私の印象を言えば、とても仲のいい家族だと思った。バラバラの施設から引き取られてきたとは思えないくらい、仲のいい家族だった――こんな家庭を作りたかったと羨んでしまうくらいには」

過去形……？

7年前といえば、おそらく理事長は20代ではなかろうか。家庭を諦めるような歳《とし》ではないように思えるが。

「実は私は、一回だけ結婚したことがあってね」

「……そうなんですか？」

「だがすぐに別れた。どうやら私は、子供を望めない身体《からだ》であるらしいことがわかってね」

あまりにも重苦しい話題を、理事長はなんでもないように軽く話した。僕に気を遣わせたくなかったのかもしれない。あるいは、彼女の中ではもう済んでいる問題なのかもしれない。そうだ――彼女にはすでに、家庭があるのだから。

「そういうわけで、その頃私は、四谷さんのように親の元で暮らせない子供を支援できないかと考え始めていた。代替行為というわけじゃないが……自分のように苦労する人間を、少しでも減らしたくてね」

「……もしかして、それで？」

「ああ。そのことを四谷さんに相談し、里子のひとりを――梅瑠を紹介してもらった」

理事長はほのかに微笑《ほほえ》みながら言う。

「それが私の、最初の子供だ」

梅瑠が――最初の吉城寺姉妹だったのか。

「ファミリーホームの期間が終わってから、私は梅瑠を養子にした。しかし当時の私は忙しい時期だったし、子供を育てるということを甘く見ていたんだろうね。自分の都合でずいぶん梅瑠を振り回してしまった」

「そういえば……梅瑠は子供の頃、韓国にいたと聞きましたが」

「私の仕事の都合だ。結局2年程度で日本に戻ってきて、梅瑠を向こうでできた友達と引き離してしまう形になった。今でも申し訳ないと思っている……」

もしかすると、その負い目があって梅瑠の不登校を許しているのか。

あるいは、姉妹が暮らしている家に寄り付かないのも……？

「反省した矢先、私の元に凶報が届いた。——四谷さんが亡くなったんだ」

「え……？　ふたりともですか？」

「そうだ。過労を原因とする事故だった——元々お忙しい身の上だったところに、まるでご自身を痛めつけるかのように次から次へと里子を迎え入れ……その結果だった。その訃報を聞いて私が真っ先に考えたのは、あの代官山のマンションで出会った女の子のことだった」

さっき理事長は言っていた。

ファミリーホームで暮らしていたのは、僕を含む4人の里子と、元々その家で暮らしていた子供——

「私は四谷さんへの最後の恩返しのつもりで、おふたりの娘さんを——菊莉を引き取ることにした」

「…………！」

菊莉が——里親家庭の子供。

「その時点で、私の中にある構想が生まれた。かつて私が羨んだ家族の姿……それを、再現できるのではないかと」

「残りの3人——蘭香と、竹奈々と、僕を養子にすれば……？」

「そうだ。まるでゲームのような考え方だが……そのほうが子供たちにもいいと思った。そして君たちを探し始めた……。生憎《あいにく》と君永くん、君はすでに他の家庭の養子になっていたが、蘭香と竹奈々はそれぞれ別の里親の元で暮らしていた。それを探し当て、養子にして、そしてあのマンションの部屋を与えた……。そうして、あの家が生まれたんだ」

あまり一般的な育ち方をしたとは言えない僕でさえ、理解に時間を要する複雑な経緯。

それを聞いて、僕は心のどこかで納得する。

あの四姉妹がそれぞれに際立った才能を持っているのは、そうした複雑な環境で生き抜くための生存戦略だったのかもしれない、と。

君永家の会社が倒産し、死に物狂いで努力しなければ学校にもいられなくなった僕が、そのおかげで学年1位に成り上がったように――

「君永くん……君を家事代行に指名したのは、菊莉に頼まれたからだけではない。7年前のあのファミリーホームを再現する――私のその感傷を、完成させるためでもあったんだ。異性ばかりの家に突然放り込まれ、気苦労もあっただろう。この機会に謝罪させてほしい」

「……いえ、理事長の助け舟がなければ今頃学校にも来られてませんでしたし。それに、あの家での仕事は確かに最初こそ大変でしたけど、今では結構楽しいですよ」

「そうか……。だったら、私の目論見《もくろみ》も言うほど的外れではなかったということかな。あわよくば君が4人の誰かと仲良くなり、結婚してくれればと思っていたんだが――」

「はい？」

今なんて言った？　結婚？

理事長はくつくつと意地悪く笑う。

「冗談だ。子供の恋愛に口を出す親は嫌われる」

「そ、そうですよね」

「だから君の自由にやってくれたまえ。私は口を出さん」

……ん？　なんかとんでもないことを期待されてないか？

謎の冷や汗で背中がびしょびしょになる僕をよそに、理事長はすっかり冷め切ったコーヒーを一口含む。

「これが私が知る限りの吉城寺家のあらましだ。君が知りたいことはわかったかね？」

「…………いえ」

僕は少し考えて、首を横に振った。

「なぜ僕があの家の家事代行に選ばれたか……それはわかりました。しかし僕が今知りたいのは、７年前に何があったのか——なぜ僕たちはその頃のことを覚えていないのか、です」

「それは……私にもわからない」

理事長は緩く首を振る。

「梅瑠を引き取ったのはファミリーホームが終わって間もない頃だった。しかしその時点で、梅瑠はあの夏のことをあまりよく覚えていないようだった——菊莉と再会したときも、まるで初めて会ったような顔をしていたよ。記憶喪失になるような外傷があったようにも思えないし、考えられるとしたら——」

「——思い出さないほうがいいようなことがあった？」

「そうだね。……私も、そのくらいしか思いつかない」

しかし、と理事長は続けた。

「トラウマになるような事件があったんだとしたら、私の耳にも入っているはずだ。だから、君たちの間に何らかのトラブルが起こったんだとしても、それは警察を始めとした大人が関わるものではなかったんだと思う——すべては、君たち子供の間だけで起こり、そして終結した。あるいは私のような大人からすると、何でもないようなことだったのかもしれない」

「結局、僕自身が思い出すしかない……ということですか？」

「……、いや」

少し逡巡《しゅんじゅん》するような様子を見せて、理事長は言う。

「菊莉は……おそらく、覚えている。7年前の夏を……明確に」

「……なぜ覚えていると？」

「持っていたからだ」

「何を？」

「写真だ」

僕は息を飲んだ。

――写真。

僕は慌てて懐を弄《いじ》り、スマホを取り出して、あの写真を表示させた。

「その写真っていうのは……もしかして、これですか？」

画面を、ガラステーブルの向こうに座る理事長に向ける。

理事長が、僕と3人の女の子が写った写真を見る。

そして少しだけ、眉を上げた。

「そうか……。君の手に渡っていたのか」

「家事代行になって間もない頃、僕の携帯に送られてきました。送り主はわかりません」

「その送り主について、すまないが私から言えることはない。それは君たちが決着をつけるべきことだろうからね。ただ一つ言えることは――菊莉が持っていた写真は、間違いなくそれだったということだ」

……やはり。

この写真は、菊莉の持ち物だった――

「そんな写真を持っていた以上、当時のことを覚えていないとは思いにくいだろう？　だから当時のことを詳しく知りたいなら――」

「――菊莉から直接聞くしかない。そういうことですね」

理事長はうなずいた。

思い出せないことなら、思い出さないほうがいい――彼女はそう言った。

確かにそうかもしれない。わざわざ藪《やぶ》をつつく必要はないのかもしれない。

しかし、僕の意見は変わらなかった。

誰もが思い出せないでいるのなら、そっとしておくのもいいだろう。

だけど、たったひとりが、その記憶を抱えているというのなら――

「ありがとうございました。失礼します」

僕は立ち上がって頭を下げ、ドアの方向に足を向けた。

据わりが悪い。腑《ふ》に落ちない。納得できない。

この1年間、君はどんな気持ちで、僕の友達で居続けたんだ？

こんなにもやもやすることがあるかよ、三鷹――

僕は理事長室を辞した。

もはや、やるべきことは一つしかない。僕の腹はすでに決まっていた。

そうして決然と歩き出し、再び運動部の声を遠くに聞く。いいよー！　その調子その調子！　ハイっ！　ナイスナイスー！　ストップウォッチどこー？　もっと声出せぇー！　えいっ、おー、えいっ、おー、えいっ、おー、えいっ、おー――

ピリリリリリリ!!


僕のスマホが突然、着信音を鳴らした。

また蘭香辺りがお使いを申し付けに来たのだろうか。もしくは菊莉か？　梅瑠はまだ寝てるだろうし、竹奈々はレッスンの最中だと思うが……。

画面を見る。

非通知。

「……え？」

このスマホの番号は、あの四姉妹と理事長しか知らない。

すなわち、その５人の誰かが、わざわざ非通知でかけてきているのだ。

……どういうことだ？

混乱しながらも、しかし無視する勇気は持てなかった。

この非通知の電波の向こう側にいる人間は誰なのか――その疑問を見なかったことにすることはできなかった。

僕は恐る恐る……通話ボタンをタップする。

「……もしもし……？」

少し間を置いて。

聞いたことのない声が答えた。

『もしもし？　久しぶり！　キミの可愛《かわい》い元カノだよ！』

◆

イラストレーターになろうと思った理由なんて、誰も彼も似たり寄ったりだと思う。

子供の頃から絵を描き続けてたら自然となってたとか、憧れのイラストレーターがいたからとか、それ以外の仕事ができなかったからとか――

――誰かに褒められたからとか。

どんな神絵師だって生まれたときは赤ちゃんで、おねしょをしたり意味もなく木に上ったり、先生に仇名《あだな》をつけたり横断歩道の白いところだけを踏んで渡ったりしていた。

だから、たった一言。

何の根拠もない、何の知識もない、無責任でいい加減な褒め言葉一つで、簡単に修羅の世界に迷い込む。

――そんなことないって！　こんなの菊莉にしか描けないよ！

もちろん、真実ではないと気付いていた。

私なんかより絵の上手《うま》い子供はきっといっぱいいて、私ごときは所詮井《い》の中《なか》の蛙《かわず》に過ぎない、無知で無謀な勘違いした自称天才に過ぎないとわかっていた。

それでも、嬉《うれ》しかったのだ。

自分が何を持っているか知らなかった。自分に何ができるかわからなかった。灯台もなく夜の海を渡るような毎日の中で、その言葉だけが燦然《さんぜん》と光を放ち、私の行くべき道を照らしてくれているような気がした。

だから。

もういいのかもしれない――と、心のどこかで感じていたのだ。

〈突然のご連絡失礼いたします。栗木ひそか様にぜひ、弊社VTuberグループへの加入をお願いしたく〉――

仕事用のアドレスに来たメールを、私は椅子の上で膝を抱えながら見つめる。

今に始まった話ではなかった。

企業へのスカウトは今までにも何件か来た。それらに応じなかったのは、個人勢の身軽な立場が性に合っていたからだし、あくまでフリーのイラストレーターが趣味としてやっているという体裁を崩したくなかったからだった。

だけど今回は、相手がでかい。

VTuberと聞いて真っ先に思い浮かぶ箱の一つだ。外部からのスカウトデビューは多分異例。もちろん過去に事例はあるけれど、それらはどれも初期の話だ。実現すれば恐ろしく話題になる。注目が集まる。

使えるようになる設備だって今とは比べ物にならないだろう。３Ｄモデルももっと作り込んだものにできるかもしれない。所属VTuberの中には知り合いも多いから、彼女たちもすごく歓迎してくれるだろう。

別に、企業所属になったからってイラストレーターができなくなるわけじゃない。

これまで通り絵は描ける。私にその気さえあれば。でも、もし今よりも配信活動が活発になった場合、使える時間は——

——もういいんじゃないか？

もう……目的は達したんだから。

『…………………』

私はゆっくりとキーボードに手を触れると、一旦保留させてほしい、という旨を書いて返信をした。

意味のない先延ばしだとわかっている。

だって、そう、私は気付いているのだ。

私よりも天才はいる。私ごとき井の中の蛙だ。

私には、もう――以前のような、取り憑《つ》かれたような情熱はない。

私の才能の源泉だったそれが、もう湧いてこない。

私はもう、別に……絵なんか描かなくたって、生きていけるのだ。

◆

「も……元カノ……？」

困惑する僕に、電話の向こうの声はくすくすと小気味良さそうに笑う。

『やっぱり全然覚えてくれてないんだ？　悲しいなぁ。あんなに愛してくれてたのにさ？』

「き、君は何者だ……！　あのメールの送り主か!?」

『さっき言ったでしょ？　私は織見くん――キミの元カノだよ。7年前、キミが選んでくれた勝ちヒロイン――本当は今カノだって名乗りたいんだけど、まあ7年も音信不通だったんだしね、さすがに潔く自然消滅を認めるよ』

声に聞き覚えはない。少なくとも吉城寺四姉妹のどれでもない。通話越しだからとかそういう次元でもなく、明確に別人の声だ。

『とはいえ、そろそろお話くらいしておきたいなってね。いつまで経《た》っても忘れられっぱなしっていうのも悲しいし？』

「……何が目的だ……？」

『今言ったじゃん。久しぶりにお話したかっただけ。そろそろ織見くんも、昔のことをだんだん思い出してくれてるっぽいしね』

「どこかで見てるのか？」

僕は周囲をきょろきょろする。校舎9階の人気《ひとけ》のない廊下があるだけだ。窓の外を見下ろせば屋上校庭《グラウンド》があるが、そこからでは角度的に僕の姿は見えないはず……。

『さすがにそんなストーカーみたいなことしないよ～。そろそろママとのお話も終わったかなって思って、かけてみただけ』

「なんで知ってる？　僕が理事長と話していたことを」

『タイミングはいくらでもあるんじゃない？　電話でアポを取ってるのを家で見てたのかもしれないし、階段を上がっていくのを学校で見たのかもしれない』

「……なんではぐらかす？」

僕は慎重に詰問する。

「なんで正体を隠す？　はっきり言うが、名前も名乗らない人間に勝手に元カノを名乗られるのはかなり薄気味悪いぞ。立派な怪談話だ。僕とまともな関係を築きたいなら、ちゃんと正体を明かしてくれ――君は誰だ？」

『吉城寺菊莉』

声は言った。

『――か、吉城寺蘭香か、吉城寺梅瑠か、吉城寺竹奈々の、誰かだよ』

「……ふざけていい場面じゃないぞ」

『大真面目だよ～。……私はね、織見くん。もう一度、キミに選ばれたいの。7年前のことなんて関係なく、今現在で、もう一度。……この際だから、うん、先に言っておこうかな』

それから、心の準備を整えるような間があって。

『私は、君永織見くん、キミのことが大好き。結婚するならキミ以外は考えられない。キミなしじゃとても生きていけない。……これも薄気味悪いだろうけど、愛の告白として受け取っておいてね』

僕は眉間に深くしわを刻んでいたが、その声の調子にからかうような色は少しも見られなかった。

相手は『あはは』と誤魔化《ごまか》すような照れ笑いをして、

『そういうわけだから、私が誰なのか、それは私からは絶対に言わない。公平じゃなくなるもんね。他の3人と。どうしても知りたいなら自分で突き止めてみせて？』

「……この声は、ボイスチェンジャーか何かか？」

『ご名答～。全然違和感ないでしょ。ちょっと怖くなっちゃうよね。……あ、ちなみに、この電話はきっちり4人全員にアリバイがないタイミングを狙ってかけてるからね。調べようとしたって無駄だよ』

周到だ。基本的にずぼらなあいつら4人の中に、ここまで手間暇をかけた行動を取れる奴《やつ》がいるだろうか。……考えかけて、すぐにやめる。人間、その気になればできないことはない。普段の行動と例外的な行動を紐付《ひもづ》けて考えてもしょうがない。

「だったら、君――あー、なんて呼べばいい？」

『んー、そうだなー……。菊……蘭……梅……竹……みんな名前に植物が入ってるから……松……いや、桜――あ！　じゃあ桜の音って書いて、「桜音《さくね》」はどう？　ほら私、キミにとってはしばらく、音だけの存在になっちゃいそうだし』

「じゃあ桜音――君に訊きたいことがある」

『なになにっ？　何でも答えてあげちゃうよっ』

「7年前に何があった？」

僕は鋭く、核心に切り込んだ。

「君はさっき言った。7年前、僕が君を選んだと。『選んだ』というのはどういう意味だ？」

『またまたー。わかってるんでしょ？』

「…………………」

『7年前、私たち4人はみんなキミのことが大好きだった。恋愛と呼ぶには幼すぎる感情だったけど、それでも当時の私たちにとっては真剣なことだった。だから選んでもらったの。キミが一番好きなのは誰なのか。そしてキミはひとりを選んで、3人を選ばなかった』

……4人の中から、ひとりを、選んだ……。

僕がやったのか？　そんな、大それたことを……？

「信じても……いいんだな？」

『信じられないなら、裏を取ってもらうしかないかな。セカンドオピニオンってやつ？』

「それを君は……7年も、覚えていたのか」

『だって、一番嬉しかったから』

大切な宝物を語るように、桜音は言う。

『知ってる？　好きな人の「たったひとり」に選んでもらうのって、本当に満たされるんだよ。どんな賞賛も、どんな喝采も目じゃないくらい——これぱっかりは、選ぶ側には絶対味わえないね。だから私は、もう一度選ばれる側に回りたいの』

あの頃みたいにキミがモテるとは限らないけどね、と桜音はからかうように言った。

選ばれる側に回りたい、か。

未《いま》だ誰にも選ばれたことのない——選ばれようと挑んだことのない僕には、確かに、わからないことだった。

『あー、そろそろまずいかも』

「どうした？」

『全員にアリバイがない状態が終わっちゃう。そろそろ切るね？』

「……だったら僕としては、できる限り話を引き伸ばすのも手だな」

『無理だよーん。私が勝手に切っちゃうし。非通知にはリダイヤルもできないし！　じゃあね、織見くん！　愛してるよっ！』

プツン、と通話は途切れた。

最後のは軽く言っているように聞こえて、その実、照れ隠しが混じっているような気がした。きっと嘘《うそ》じゃないんだろう。彼女は本気で僕のことを好いてくれている。

しかし、実感はなかった。

得体の知れない相手だからというだけじゃない。その要因の大部分を占めているらしい7年前の出来事が、僕の中で大きな穴となっているからだ。

どんな感情を向けられても、風のように通り抜けていくばかり。

やはり、僕は知らなければならない。

7年前に何があったのか？

セカンドオピニオン——そのあてはすでにできている。

◆

『君永、お前バイトしてるだろ』

職員室の外で、私はその声を聞いた。

先に言っておくけれど、私はかなり冷静沈着なタイプだ。よほどのことがない限りテンパったりしないし、配信でも緊張したことはほとんどない。妹たちからは脳のどこかが麻《ま》痺《ひ》してるんじゃないかとよく冗談交じりに指摘される。

そんな私が、このときばかりは焦った。

君子くんが退学になるかもしれない。

まるで目の前が真っ暗になったようだった。気付いたときには私は芳乃さんに連絡して、彼を不問にしてくれと頼み込んでいた。

『わかった。しかし条件がある』

芳乃さんは言った。

『彼に君たちの家の家事をやってもらおう。ちょうどお手伝いさんを雇おうかと迷っていたところだからね。君たちの仕事のこともあり、秘密保持の観点から見送っていたが……彼ならば信頼できるだろう？』

その条件を聞いて、私は……言葉にできないくらい、絵にも描けないくらい、複雑な感情に支配された。

毎日君子くんが家に来て、私のことをあれこれと世話してくれる。それはいい。しかし、彼が家に来てしまうと……他の3人とも、顔を合わせてしまう。

再会してしまう。

喜ぶべきことのはずだった。なのに私はどういうわけか、彼が退学になるかもしれないと思ったときぐらい、焦りを感じていた。

私の頭の上には、常に私のことを客観的に見下ろしているもうひとりの私がいる。その私は言っていた。誤魔化すな、と。わかっているくせに、と。

お前は、他の3人に、彼を取られるかもしれないと怯《おび》えているんだろう、と——

恋愛のようでもあるし、友情のようでもある。

欲望のようでもあるし、親愛のようでもある。

しかし私は、少なくとも君子くんに、私だけの特別であってほしかった。

彼にとっての『たったひとり』でありたかった。

1年間も謳歌《おうか》していたその座が脅かされて、私ははしたなく情けなくあられもなく、焦って怯えて嫉妬していたのだ。

7年前のことを話す勇気もないくせに。

『今日の晩御飯はハンバーグがいいです』

『……魚にしようと思ってたんだが』

『未来の大人気声優の裸を見たんですから、安いものでしょう？』

『わかったよ。買ってくる』

『やったっ。約束ですよ！』

リビングの映像を映した画面の中で、竹奈々が弾んだ足取りで階段を降りてくる。

小走りに玄関に向かっていく彼女の横顔を目にして、私の胸に複雑な感情が去来した。

……やっぱり、君は変わらないんだね、君子くん。

7年を経ても、雰囲気が変わっても、あの頃のことを覚えていなくても、結局君は変わらない。正しさを追求して、優しさを貫いて、誰かの今を守ろうとする。

『君永って……変だね』

『君にだけは言われたくない』

魂の形がそうなっているんだろう。

誰かが間違っているのを許せない。誰かが損をするのを許せない。目の前に転がっている不幸の種を、どうあっても見逃すことができない。

そんな君だから、結局は今度も繰り返す。

『薄っぺらいんだよ。君みたいな人間が——僕は何よりも嫌いだ』

その正しさが、その優しさが、その怒りが、その悲しみが。

あまりにも眩《まぶ》しくて——私たちは結局、目が眩《くら》んでしまうんだ。

もう私だけのものじゃない。

学食の窓際で——夏休みの図書館で——学園祭の9階で過ごした日々は、きっと二度と繰り返せない。竹奈々が、梅瑠が、蘭香が、そこには必ず存在して、それらを違うものに塗り替えていくだろう。

悲しいのか。

寂しいのか。

判然とはしない——けれど確かに、失われたものがある。

私には、勇気がなかった。

きっとこうなるとわかっていたくせに、彼女たちのように、彼と正面から向かい合うことができなかった——三鷹松葉という殻に隠れて、報われるはずのない先延ばしを繰り返していただけだった。

私は結末を知っている。

7年前の私たちがたどり着いた結末。決してハッピーエンドとは言えない、悲しくて寂しかった結末を。

あの結末を、繰り返したくなかった。

もうあんな別れをするのは嫌だった。

でも、どうすればいいのかわからなかった。せめて私さえそこにいなければ、あのときみたいなことにはならないんじゃないかと思った。でもやっぱり寂しかった。私だけの君子くんでいてほしかった。竹奈々に頼られてほしくなかった。梅瑠に優しくしてほしくなかった。蘭香に誘惑されてほしくなかった。

だから結局、

『バレちゃったね——君子くん』

私は、君子くんが来るのを知っていたのだ。

知っていてリビングにいた。裸のまま——少しでも彼の印象に残るようにと。

確信があったわけじゃない。彼が来る前に、梅瑠が起きてくる可能性もあった。蘭香や竹奈々が帰ってくる可能性もあった。そのときは潔く引っ込むつもりだった。必ず成功するわけじゃない——そういう言い訳をしながらの行動だった。

そして、その賭けに勝ってしまった。

三鷹松葉という殻を捨ててしまったのだ。

正直なところ、その後どうするかは詳しく考えていなかった。ただ、私という人間を認識させたかった。ずっと前から、一番前から、君のそばにいたのは私だと、子供のようにアピールしたかっただけなのだ。

別に、思い出してほしいわけじゃなかった。

7年前の思い出なんて、忘れたままでいてほしかった。

だって、私は――


「菊莉」


回想の幕が引き裂かれる。

現在に引っ張り出される。

モニターの中で、リアルタイムのリビングで、カメラ越しにこちらをまっすぐに見つめて、君子くんが私を呼んでいた。

「話したいことがある――明日の放課後、いつもの場所で待つ」

――ああ。

タイムリミットだ。

◆

放課後の学生食堂には、昼休みの同じ場所とはまた違う趣きがある。

渾然一体《こんぜんいったい》とした喧騒《けんそう》に包まれている昼休みと比べて、放課後はささやかな雑談がよく響く。今も真ん中辺りのテーブルに男女6人のグループがたむろしていて、益体のない話に花を咲かせていた。昨日《きのう》見た動画がさ――世界史のレポート出した？――散歩通りの店で――藤堂《とうどう》くんが昨日――

完全下校時刻が迫っていた。

運動部の掛け声、吹奏楽部の練習の音、どちらも絶えて久しい。5月の空はまだ夕焼けには早いが、ほどなく僕は学食に勤めるおばちゃんに声をかけられるか、校内を見回っている教師に追い出されることだろう。

菊莉はまだ来ない。

彼女に過去のことを話す気がまったくないのなら、あんな一方的な口約束に応じる理由はない。それは理屈だった。しかし僕は待つ。それしかできないから？　それもそうだろう。けれど何よりも、僕に確信を与えてくれる一つの事実がある。

三鷹松葉は――僕が待っている場所に、現れなかったことがない。

彼女が待っている場所に僕が行かなかったことはあっても、その逆だけは、一度として。

――そろそろ行く？――オッケー――帰りどこか寄ろっか――あ、だったら私――

真ん中のテーブルを占拠していたグループが席を立つ。

窓際の席でただじっと座り続けている僕のことなど気にもしない。6人分の喧騒がエントランスの方面に流れ出ていき、後には静寂だけがわだかまる。

待っている間、過去のことが脳裏をよぎった。

7年前、僕があの四姉妹と同じ家で暮らしていたという8月のことじゃない。それより後の、ナイフのように鋭くて、泥濘《ぬかるみ》のように粘ついた記憶。

『おー、織見……大きくなったな』

ショットガンで作ったような細かい穴が空いたアクリル板の向こうで、僕の遺伝子上の父親は、まるで親のようなことを言った。

『今……12歳か？』

『……11歳だよ』

『ああ、そうか……。俺も歳《とし》を取るわけだ』

ひひっと、喉の奥が引きつったように笑う。

そんな細かい仕草すら、僕には忌々しくてならなかった。

だからこの時間をさっさと終わらせるために、僕は単刀直入に本題を言う。

『面会に来るのは今日が最後だ』

『……お？』

『養子縁組が決まった。もうあんたとも親子じゃなくなる』

当時、詳しく説明された。養子縁組には二つの種類がある。普通養子縁組と特別養子縁組。違いは、元々の親と、法的な親子関係が残るかどうか。

僕は特別養子縁組によって、この男との戸籍上の関係が消滅することになっていた。

『本来は実の親の同意が必要らしいけど、あんたはどう見ても僕を育てられる状況じゃないし、家にいたときは僕を殴ってた。あんたを親と認める裁判官はどこにもいない』

『……ずいぶん頭の良さそうな話し方をするようになったじゃねえか』

この男にはわからない。頭がいいんじゃない。事前に用意してきた原稿を読んでいるだけだ。この男は、まともな人間からはいつも心の通わない言葉しか向けられてこなかった。だから淡白な話し方は全部、頭の良さそうな話し方に聞こえる。

『そうか……。だったら最後くらい、親らしいことでもしてみるか』

『……あんたが？』

『お前の、織見って名前……なんでそう名付けたか知ってるか？』

『……？　いや……』

『そういう名前の花があるんだよ。木偏に秘密の密って書いて樒《しきみ》っていうな……』

幸い、僕は小学校の頃から授業だけはちゃんと聞いていたので、木偏という言葉の意味はわかった。相手は小学生に対して親切な説明をする気配など見せず話を続ける。

『葬式なんかでよく使われる花で、色は薄い黄色……。葉っぱ、茎、花、種、何もかもが猛毒で、食うと余裕で死ねる。おっかねえ植物だよ。……なんでそんなもんの名前をお前に付けたか、わかるか？』

『……………』

『名付けたのは俺じゃなくて、お前の母親でなぁ……。俺はああそうかっつって届出をしただけで、今の説明もだいぶ後になって、何気なく検索して知ったことだ。あいつ曰《いわ》く――花言葉が気に入ったらしい』

『……花言葉……？』

『猛毒、甘い誘惑、援助――』

男はにたりと、面白い冗談を思い出したように笑った。

『なんでそういう花言葉になったのかなんて、あいつは知りゃあしねえだろう。あいつはあいつなりの解釈で、その三つの言葉にあいつだけの意味合いを見出《みいだ》しただけだ。……つまり、この子供は俺に対する毒であり、誘惑であり、援助である――今まで俺に貢いできた金と、同じように』

口元に皮肉げな笑みが浮かんだ瞬間、男の後ろで静かに見守っていた係官が静かに眉をひそめた。

僕自身の表情がどうなっていたのかはわからない。その係官と、細かい穴の向こう側にいるこの男だけが知っている。

『悔しいか、織見？』

余命幾許《いくばく》もない病人のように落ち窪《くぼ》んだ目が、アクリル板越しに僕を見つめる。

『そうだろうなあ……。辛《つら》くて、寂しくて、悔しいもんだ……愛されないってのは』

『一緒にするな……！』

まるで同情しているような表情に、声に、僕はどうしても我慢ならなくなり、椅子を蹴って立ち上がった。

『お前みたいなっ……！　誰かに寄生しなきゃ生きていられなかった奴《やつ》と……！』

『多かれ少なかれさ……。よく言うだろ？　人はひとりじゃ生きていけない――』

『生きていくつもりのなかった奴が言うなっ！』

『心外だねえ。……織見ぃ。他人事じゃないんだぜ？　人生なんか簡単に踏み外せる。真面目に生きているつもりでも……一生懸命やっているつもりでも……ゴミになるときはいつか来る。そういうとき、どうやって自分を支えるか知ってるか？』

アクリル板の向こうで肘をついて、男はとっておきの秘密を教えるように――

『女を作れ』

――毒めいた声で、囁《ささや》いた。

『女がいれば、自分がどんなにダメな奴でも、許されてる気分になれる。社会に、世界に、見捨てられていないような気になれる。……最初で最後の、父親からの助言だ。ようく覚えておくんだぜ――』

僕にはわからない。

いや、わかりたくない。

ダメになっている自分を、誰かに縋《すが》って誤魔化《ごまか》すなんて――誰かに認めてもらうことで、自分の在り様から目を逸《そ》らすなんて。

あまりにも、愚かだ。

僕は愛されたくなどない。愛されることによって、気付くべきだったことに気付けなくなるのなら、愛されたくなどない。自分を認めるのは自分自身でいい。誰かの力を借りる必要なんてない。愛されることで、認められることで、あんな男が生まれるのならば、それこそまさに猛毒。僕の名前の元になった花のような――

だから、僕の人生に『いいね』はいらない。

阿《おもね》ることなく、縋ることなく、媚《こ》びることなく、流されることなく。

そう、君子は――

――ねえ、こんな言葉を知ってる？

「……あ……」

電撃が走ったようだった。

ずっと繫《つな》がっていなかった回路が、急に繫がったかのようだった。

……どうして……。

どうして、こんなことを忘れていたんだ？

一介の高校生が、こんな言葉を知っているわけがないのに。

誰かに教えてもらったからこそ、今こうして諳《そら》んじていられるというのに――


「君子くん」


声に導かれて、横に顔を振り向けた。

そこには、制服を着た三鷹が――菊莉がいた。

子供を見るように柔らかく微笑《ほほえ》んで、彼女は懐かしむように言う。

「珍しいね。私が出迎えられる側なんてさ」

「……そうだな。この席には、いつも君が先にいた」

「授業に出てないからね。当然さ」

窓の外の中庭に、生徒の姿はない。

学食には、厨房《ちゅうぼう》の奥から響く店じまいの音だけがかすかに漂う。

眠りの淵《ふち》に落ちる前の、布団が温まるのを待つ時間のような、終わりの間際のモラトリアム。それに、冷たいチャイムがピリオドを打つ。

『下校時刻になりました。下校時刻になりました。校内に残っている生徒は――』

僕は鞄《かばん》を持って、ゆっくりと立ち上がった。

「行こうか」

「どこへ？」

「君が裸にならなそうな場所へ」

菊莉は困ったように微笑んだ。

「そいつは面白そうだ」

学校の前の坂をずっと下っていき、銀行を目印に左に折れる。二車線の道路に沿って歩道をしばらく歩いていくと、壁のような木々が見えてきた。

有栖川《ありすがわ》宮《のみや》記念公園である。

僕たちはタコスの屋台を横目に見ながら、公園の中に入っていく。右手側に歩いていけば子供たちがひしめく広場や僕がよく行く図書館があるが、僕たちはどちらともなくそちらを避けた。緑色に濁った御料池に沿って歩いていく。

もう少し時期が早ければ桜が咲いていたんだが、今は濁った池の水面に、わずかばかりの花びらが浮いているだけだった。

都会の喧騒《けんそう》が木々に遮られ、若葉が風にそよぐ音だけが僕たちを包む。森を縫うようにくねくねと走る遊歩道には、僕たちの他には歩行者は見られなかった。世間の人間は、家に帰る時分らしい――空はいよいよ、橙色《だいだいいろ》に染められつつある。

喧騒から解放されたからか、少し後ろを歩く菊莉が、ようやく口をきいた。

「どこまで思い出したんだい？」

落ち葉をさくさくと踏みしめながら、僕は答える。

「君の絵を、僕が褒めていた。残ってたんだ。あのときの絵が、僕の荷物の中に」

「……窓から見た景色の？」

「そうだ。あのタワマンから見た景色にそっくりだった」

「……そうか……」

菊莉は溜《た》め息《いき》をつくように言った。

池のそばから坂を少し登る。ほどなく視界が開けて、広場に出た。円形に並べられた杭《くい》で囲われた梅の木が、広場のそこここに植えられている。それらの真ん中に、古ぼけた丸太で建てられた東屋《あずまや》があった。簡素な屋根の下には誰の姿もなく、ただ夕日だけを横ざまに浴びている。

僕はそれをなんとなく眺めながら、広場の端に設置されたベンチに腰掛けた。

目の前には杭に囲われた梅の木。これも桜同様、開花の時期はとっくに過ぎている。今は緑色の葉をつけるばかりで、他の木と大した違いは見つけられない。

菊莉も隣に座って、それを見上げた。

「……僕が聞きたいことは一つだけだ」

僕が口を開いても、菊莉は梅の木を見上げていた。

「7年前、何があった？」

風がそよぎ、木の葉がさざめき、菊莉の髪がなびく。

菊莉はそれを耳のところで押さえつけながら、

「……知ってどうするんだい？」

「どうもしない。納得するだけだ」

「何に？」

「自分の存在に。そして、君の行動に」

過去があるから今がある。

過去が欠落したままでは、今も欠落したままだ。

1年間もつるんでいた友達が、ずっと秘密を抱えていたことにも気付けないくらいに。

「去年の夏休み、この公園でよく会ってたよな」

「…………………」

「図書館で顔を合わせて、息抜きに公園の中を歩いて……」

「…………………」

「その間、君は何を考えていた？　7年前に会っていたのを隠すのはいい。僕のほうがなんにも覚えてなかったんだからな。でも、それから1年間、君が——君だけがずっと抱えていたことがあるんなら、知らないふりをするのは難しい……。居心地が悪いよ。こんな状態で、今まで通りあの学食の窓際で会うなんて、僕にできると思うのかよ」

　これからのために。

　知ることが必要なんだ——吉城寺菊莉。

　菊莉はすうっと息を吸って、長く吐いた。

　過ごしやすい5月の風に、透明な呼気が溶けていく。

「……私だって、忘れていたのかもしれないよ」

　菊莉はまだ僕の顔を見ない。

「1年前に君と会った時点では、7年前のことなんて覚えていなくて……つい最近になって、思い出したのかもしれない。それだったら、君が心配するようなことはなくなるんじゃないのかな？」

「理事長から写真のことを聞いてるよ。子供の僕たちが写った写真を、君が持っていたと」

「……持っていただけだろう。君だって私の絵を持っていたけど、それが描かれたときのことは忘れていた」

「証拠が欲しいのか？」

僕は菊莉の横顔を見つめていた。

「そうまでしないと踏ん切りがつかないのか。7年前のことを、僕に話す気にはなれないのか？」

「いわれのない疑いをかけられたくないだけさ。三鷹松葉は、君子くん、君の友達だよ。それ以上でもそれ以下でもない。それを否定するって言うなら、確固たる証拠を――」

「あるよ。……証拠ならある。君自身が伝えてくれていた」

「……何だって？」

「ペ、ペ、ペンネームだ」

「…………！」

菊莉の表情に驚愕《きょうがく》の色合いが広がった。

僕はついさっき、学食で思い返したことを思い返しながら、彼女に考えをぶつける。

「君たち姉妹の名前には、みんな花の名前が入ってるよな。菊、蘭、梅――竹だって花を付ける。君たちが血の繋がらない姉妹である以上、それは偶然なんだろうけど……もう一つ偶然にも、僕の名前も花が由来になっているんだ。木偏に秘密の密と書いて、樒《しきみ》という花が」

「…………………」

「栗木ひそかというペンネームを聞いて、僕は最初、本名の『キクリ』を並べ替えて『クリキ』にしたんだな、というくらいにしか思わなかった。でもそれだけじゃなかった——ひそかという名前。それを漢字に変換したら……『密《ひそ》か』。『秘密の密』だ」

「…………………」

「苗字《みょうじ》の『木』に『密か』と書いて——『樒』。……なあ菊莉。君がつい最近まで昔のことを忘れていたと言うんだったら、どうして君のペンネームに、僕の名前が入ってるんだ？　まさか、それまで偶然だって言うんじゃないだろうな？」

その意図まではわからない。

何を考えても、想像の域を出ることはない。だけどはっきりしているのは、彼女が僕のことを覚えていたということだ。この7年間、一度だって忘れたことはないということだ。なぜなら、もう一つの本名と言ってもいいペンネームに、その存在を刻んでいたのだから。

「もういいだろう。どんな不都合なことがあったか知らないが、7年も前の、子供の頃のことじゃないか。ほんの少しにせよ、せっかく当時のことを思い出せたんだから、思い出話の一つぐらいしてくれたって——」

「——君子くん、ここは少し暑いね」

「……は？」

涼やかな風に巻かれながら、菊莉はすくっと立ち上がる。

そして僕の目の前に立ち、

ぷちり

と、ブレザーのボタンを外した。

「…………、何をしてる？」

「開放的な気分になるのも悪くないと思ってさ」

ブレザーの前を完全に開けると、菊莉はネクタイをしゅるりと解《ほど》き、そのままブラウスのボタンに手をかける。

同じ手だった。

彼女の部屋から追い出されたときと。

「他に人もいないし別にいいだろう？　それとも気になってしまうかな？　僕には妹がいるから、なんて言っていつも涼しい顔をしているくせに、やっぱり人並みにはエッチなんだ？　ほら、見てよ。今日はちょっと可愛《かわい》いブラジャーをつけてきたんだ。それとも妹さんで見慣れて、」

僕は菊莉を抱きしめた。

「――これで、何も見えないだろ」

「〰〰〰〰っ⁉」

驚いた菊莉が、腕の中でもぞもぞと身じろぎする。

しかし僕は放さない。

こうして前から彼女の身体《からだ》を抱きしめている限り、肌を晒《さら》して僕を追い払う戦法は通じない。

「まさかこんな公共の場所でも脱ぎ出すとはな。君としても捨て身の判断だったんだろうが、同じ手が何度も通用する僕じゃない」

「ちょっ、放し――」

「絶対に放さない」

耳元で言った。

「※%$#&〰〰〰〰っ⁉」

菊莉が悲鳴のようなものを漏らした。

どうやらよく効いているようだ。

「このまま話してくれ。君は何を隠している？　7年前の僕たちに何が起こった？」

「あう……あうあうあう……」

「？」

なんか妙だな。

少し身体を離して菊莉の顔を見てみると、ゆでだこのように真っ赤になって目を回していた。

「菊莉!?　おい、大丈夫か!?」

「むりしんどいささやき〜〜……」


菊莉に服を直させると、僕たちは梅の木の広場から、騎馬像があるさらに大きな広場に移った。

広場のそばにはブランコなどの遊具が備えられた児童コーナーがあり、もう夕暮れも過ぎようというのに子供たちの騒がしい声が響いてくる。施設にいた頃を少し思い出した。

「本当に大した話じゃないんだ」

公園の歴史が綴《つづ》ってある石碑の前を通ったとき、菊莉は語り出した。

「あるところに、とてもモテる男の子がいた。周りの女の子たちはそれを取り合った。結果、仲が良かったはずの彼女たちはギクシャクして、そのまま別れのときが来た——それだけの話だ」

「とてもモテる男の子……？」

「首を傾《かし》げるな。男の子は君しか出てこないだろうが、この話には」

そう言われても、その単語からどうしても自分自身が連想できない。

菊莉は僕のほうを呆《あき》れた顔で振り返り、はあと一つ溜め息をついて、

「君は当時から、とても面倒見のいい人間だった。施設での生活が育んだのか、それとも別の環境が影響しているのか、それは私にはわからないけれど……それぞれ別の孤独を抱えていた私たちには、その優しさがひどく心地よく、頼れるものに思えた」

ビル3階分ぐらいある大きな木が、ざざあ——と波のような音を立てて揺れる。

「里子の中で最年長だった蘭香は、お母さん役のような立ち位置を確立して、いつも君の隣にいたがり——」

夜の入り口に吹く風は、まるで冬のようにうら寂しく。

「一番の人見知りだった梅瑠は、事あるごとに君の袖を引き、君にかまってもらえるのを待っていて——」

黒い髪が揺れる背中は、夏に背を向けるように涼やかで。

「実の親と別れたばかりで塞ぎ込んでいた竹奈々は、君の不断の努力によって徐々に心を

開いていった」

春の陽射《ひざ》しから隠れるように、覆《おお》い被《かぶ》さるような木陰の中を進んでいく。

「そして、次から次へと来る里子にうんざりしていた私も、気付けば君にほだされていた
――私が里親家庭の子供だったというのは芳乃さんから聞いてるかい？」

再び振り返った菊莉に、僕は無言でうなずいた。

菊莉は困ったように笑う。

「実の親が里子を引き取るのに熱心だというのは、実の子供にとってはなかなか厄介でね。なにせ入れ替わり立ち替わり知らない子供が家にやってきて、今日からこの子はお前の家族だ仲良くしなさい、なんて言われるんだからね。しかも誰も彼もに可哀想《かわいそう》な事情があって、気を遣うったらない。君たちが来る頃には、私はもう面倒になって、自分の部屋からあまり出ないようになっていたくらいだ」

「それが今の引きこもりのルーツってわけか？」

「そうだね。絵を描き始めたのもそれが原因かな。部屋の中でやることが他になかったんだ。ゲームをしてると里子の子と一緒に遊べって言われるし」

僕も君永家に受け入れてもらった身だからわかるが、子供がひとり増えるというのは生活に大きな変化をもたらす。それが頻繁に起こっていたって言うんだから、小学生の子供には小さくないストレスだっただろう。

「そういう立ち位置だったから、私は君たちのことは遠巻きに眺めているくらいの感じだったんだ。君に私の絵を見られるまではね……」

――大したことないよ、こんなの。見たまま描いてるだけだし……

僕の記憶にかすかに残っていた、あのシーンか。

「絵描きにとってはね、絵を褒められるっていうのは、それはそれは嬉《うれ》しいものなんだよ。絵を描かない人たちが思うよりもずっとね。その味を私に教えたのが君だった。私はほら、学校の図画工作なんかでは実力を隠すタイプだったから」

「首の後ろがちょっとざわざわする話だな……」

「『アニメキャラを描いてちやほやされてるあの子より実は私のほうがずっと上手《うま》いぞ』って悦に入るのが一番の娯楽だったんだ」

「ぐおお……！　共感性羞恥が刺激される……！」

菊莉はくすくすと笑う。

木陰の中を抜けていくと、中心に時計塔を備えた噴水が現れた。菊莉はローファーでコツコツと石畳を歩き、その縁にそっと腰掛ける。

「小学生って単純だよね。褒めてもらった人のことを簡単に好きになる。そうしてあっけなく、私の初恋は奪われてしまったってわけさ」

「うーん……なんだか他人の話を聞いてるみたいだな……」

「実際のところ当時の君も、私の気持ちにはこれっぽっちも気付いていなかったようだしね。そもそも恋愛というもの自体に後ろ向きなスタンスだったようにも思う……」

「それは……そうだろうな」

女性に寄生することしかできなかった父親に、父親を繋《つな》ぎ止めることしか考えていなかった母親に、当時の僕も深く失望していたはずだ。恋愛に憧れなんて抱けるわけがない。ラブコメ漫画だってほとんど読んだことがないくらいなのだ。

「そんなようなことが、４人全員に起こったわけだ」

菊莉は肩を竦《すく》めて、困ったように微笑《ほほえ》んだ。

「小学生とはいえ、そりゃギスりもするだろう」

「……そういうもんか？」

「そういうもんだよ。男子よりマセてるしね、女子って」

「確かにそんなイメージはあるな。……それで？」

「このままじゃいけないと子供ながらに思った私たちは、子供ながらに解決案を提示した。すなわち――」

菊莉は噴水の縁に座ったまま、立ったままの僕にピッと人差し指を突きつける。

「――男がはっきりしないのが悪いんだから、私たちからひとり選んでよ、ってね」

――ひとりを選んで、３人を選ばなかった

あの電話の主が——桜音が言っていたのは、本当のことだった。

「まったく、いいご身分だよね？」

菊莉は軽く首を傾《かし》げて悪戯《いたずら》っぽく笑う。

「こんな美少女４人の中から選び放題なんてさ。私だったら勢い余って全員選んでるね」

「私だったら、ってことは……僕は、誰かを選んだんだな？」

「そうだね」

「それは誰なんだ？」

その選ばれたひとりこそが、桜音の正体。

あのメールの送り主だ。

菊莉は星が輝き始めた空を見上げる。あの星の光が放たれた頃には、僕たちはまだ子供だったのだろうか——そんな思惟《しい》が頭をよぎるほどの間の後に……、菊莉はゆっくりと唇を開けて、……７年前の真実を告げた。


「わからない」

耳に届いた言葉の意味を、３秒ばかし、理解できなかった。

「……わからない？」

「うん。わからない」

「なんでわからないんだ——覚えてるんだろう？　当時のことを」

「はっきりと覚えてる。記憶力はいいほうでね。……だけど私は、君に『選ばなかった』と言われただけで、誰が選ばれたのかは知らないんだ。それは頑《かたく》なに君が隠した——おそらくは、選ばれた子が疎まれるのを避けるためだったんだろうと思うけど」

「でも……それじゃあ」

「うん。解決にならなかった」

努めて淡白に、菊莉は僕が求めてきた過去の結末を語る。

「プライドが邪魔をしたのかな。私も含めて、誰も自分が選ばれなかったということを明かさなかった。そのおかげで自分以外の誰もが選ばれたように思えて、自分だけが選ばれなかったように思えて、悲しくて、寂しくて……嫉妬と疑心暗鬼が渦巻いた。やがてあんなに仲が良かった私たちは、大人の見えないところで喧嘩《けんか》未満のくだらない嫌がらせを繰り返すようになって……」

ああ——夢の終わりか。

想像するだけで悲しくなる。夏休みの終わり。楽しかった家。それが自分のせいで壊れ、悪意に塗り替えられていく……。

「ほら」

菊莉は力なく微笑んだ。

「思い出さないほうがよかっただろう？」

僕は——しかし。

首を横に振った。

「いや……知れてよかった」

菊莉は虚を突かれた顔をして、僕の顔を見上げる。

「……どうして？」

「決まってるだろ」

僕は緩く笑った。

「どんな憂鬱な思い出も、語り合える相手がいたら酒の肴《さかな》くらいにはなる」

まだ飲めないけど、と付け加えて、僕は菊莉の隣に座る。

「君はずっと、その思い出をひとりで抱えて生きてきたんだろう。それじゃあ気分が沈むばかりじゃないか。でも、それを知っている当事者が他にひとりでもいたら、くだらない冗談に変えることだってできる。あの頃は僕たちも若かったな、ってさ」

「……君が諸悪の根源なのに、盗人猛々《ぬすっとたけだけ》しいね」

「だからこそだろ。当時のことはまだ詳しく思い出せないが……その頃の恨み節があれば、僕にぶつければいい。曖昧に苦笑いして受け流してやるからさ」

「受け止めてくれよ、せっかくなら」

そう言って。

菊莉の曖昧で、取り繕ったような苦笑いが。

「……本当に、……ぶつけてもいいの？」

「ああ」

ゆっくりと、……ゆっくりと。

「みっともないよ？　鬱陶しいよ？　うざったいよ？」

「だからどうした」

自重に耐えられなくなったように——

「……なんで……」

——くしゃり、と。

……潰れていく……。

「なんで……選んで、くれなかったんだよ」

微細に声を揺らしながら。

前髪に表情を隠しながら。

菊莉は、僕の肩を摑《つか》んだ。

「私が、一番ちゃんと、してたのに……私が、一番対等だったのに！　蘭香はただのお母さん気取りで、梅瑠は甘えてばっかりで、竹奈々はいつも隅っこで黙ってるだけで……！　なのになんでっ、私を選んでくれなかったんだ！」

「ごめん」

「誰かを選んだんならちゃんとしろよ！　隠すなんて中途半端なことするなよ！　ちゃんと責任取れよ！　傷つけたくないなんてぬるいこと言うなよ！」

「ごめん」

「ごめんで済むか！　私はっ……私はずっと忘れられなかったんだ！　あの夏のこと……君のこと……ずっと会いたくて……いつかペンネームに気付いてくれるかもって……君が褒めてくれた絵を、描いて、描いて、描き続けて……！　ずっと、ずっと……！」

菊莉は僕の肩に顔を押し付けて、静かに嗚咽《おえつ》を漏らす。

優しく降り注ぐ月明かりが、噴水に腰掛ける僕たちを柔らかく照らしていた。今だけは誰も見ていない。ただ、遠い遠い夜の空の、遠い遠い月だけが、僕たちを見守っている。

7年越しの涙を。

星の光のような涙を。

僕は菊莉の背中にそっと手を添えながら、すっかり夜に染まった空を見上げていた。都心とは思えない広い空。喧騒《けんそう》を拒絶し、涼やかな噴水の音だけが耳を満たす静けさの園。揺り籠のような空間で、7年前の己を思う。

なあ、僕——君は恋を知ったのか？

あの救いようのない両親を見た上で、それでも４人のうちの誰かを好きになり——そしてその顚末《てんまつ》に、もう一度失望したのか？　だから女子が嫌いになったのか？

だとするならば、教えてほしい。人を好きになるって言うのはどういう感覚なんだ。ただ一時でもそれを知ったのなら、僕の中にもそういう感情が眠っているのなら、その輪郭を、その感触を、その味わいを教えてほしい。

僕はまだ、恋ができるのか？

まるでそんな——普通の学生みたいなことが、まだできるのか……？

……………、……………、……………。

「……ありがとう」

菊莉が僕の肩から顔を上げて、鼻声で言った。

「少し……気が済んだよ」

「お安い御用だ。……ところで菊莉、ちょっと考えたんだが」

「ん？」

「僕は多分、君のことが羨ましかったんだと思う」

赤くなった目を丸くして、菊莉はさらに顔まで朱に染める。

「な、なんだい、いきなり」

「──ずっと、才能を探していたんだ」

自分語りの気恥ずかしさなんてどこかにやって、僕は自分の底を浚《さら》うように口を動かす。

「うんざりするような両親、普通の家庭とは違う生活、実家の補助のない将来……そういう環境から脱するためには、強力な才能が必要だった。世間を、世界を強引にねじ伏せるような、そういう才能が必要だった。

……でも、僕はどうしようもない凡才で。絵も描けないし、動画も作れないし、ゲームも上手《うま》くないし、演技だってできない。サッカーができるわけでもなければ、勉強だって大したことはない──

そういう、環境に恵まれなかっただけの、何者でもない人間だった。

だからきっと、羨ましかったんだと思う。君の絵の才能を見て……。そしてだからこそ尊敬して──だからこそ、選ばなかった。そんな方法で、君を手に入れたくなかったんだ」

菊莉という少女のことを、何よりも羨み、誰よりも尊敬していたからこそ。

選ばなかった──選べなかった。

その才能を手に入れるのは、自分の努力を積み上げてこそだと考えた。

「推測に過ぎないけどな。……でも、そうとでも考えない限り、説明がつかないよ」

「……どういうこと……？」

「君子は和して同ぜず、小人は同じて和せず」

気付けば僕の根本にあった言葉を、僕は諳《そら》んじる。

「君から聞いたその言葉を、今に至るまで座右の銘にしてるなんて——君を相当尊敬していた証拠だろう？」

「……え……？」

菊莉は驚愕《きょうがく》に目を見開き、ぱちぱちと瞬《まばた》きをした。

「覚えて……？」

「思い出したんだ。君が学食に来る直前に」

孔子『論語』の一節。

子曰《子曰く》、君子和而不同《君子は和して同ぜず》、小人同而不和《小人は同じて和せず》。

数少ない漢文の授業でしか触れる機会のないそんな言葉に、一体僕はどこで出会ったのか——今まで疑問に思ったこともなかったその答えは、封じられた記憶の中にあった。

菊莉に教えてもらったのだ。

多分、周りに合わせてばかりの人間について、僕が愚痴ったんだと思う。それに合わせて物知りな菊莉が、そんな頭の良さそうなことを言い出した。

いかにも彼女がやりそうなことじゃないか。三鷹にしても、菊莉にしても、折に触れては小難しいことを言い出す奴《やつ》なんだから。

「君はいつの間にか僕のことを『君子くん』って呼ぶようになったよな。苗字《みょうじ》と名前の頭をとったって触れ込みだったけど、それもちょっとしたアピールだったわけだ。その言葉を教えたのは私だぞ、って」

菊莉は恥ずかしげに目を伏せて、不満げに唇を尖《とが》らせる。

「だって……出典を忘れてるくせに、ドヤ顔で座右の銘にしてるもんだからさ……」

「逆に言えば、7年前の夏の思い出を丸ごと封印しても、それだけは僕の中に残ってたんだ。……きっと、君のことを好きじゃなかったわけじゃないんだよ」

「……そうだね。……うん」

何かを飲み込むように、菊莉は一つうなずいた。

それから彼女は、身を預けるように、僕の肩にもたれかかってくる。

「ねえ、君子くん」

「何だ？」

「私……君のことが好きだった。……大好きだった」

「……うん」

「君のことが好きだった頃が、今までの人生で一番輝いてた」

「うん」

「でも、これから、もっと輝かしい思い出を作っていくよ。だから……これからも私を、見ていてくれるかい？」

「もちろんだ」

だって、

「君は僕の、唯一の友達だからな」

「お互い様だね」

菊莉はすっと身を離す。

そしてすっかり夜になった公園に立ち上がると、うーんと大きく伸びをした。

「そろそろ帰ろうか。妹たちもお腹《なか》を空《す》かしてるだろうし――」

彼女は晴れやかな顔で言った。

「――なんだか無性に、絵を描きたい気分だ」

終章　選ばれし■女・桜音の所在

「ふーん……」

学校から回収した自転車をカラカラと押す僕の隣で、菊莉《きくり》は僕のスマホに視線を落としていた。

「このメールがあの日に？」

「ああ。蘭香《らんか》づてに僕の連絡先を君たちに伝えた直後だった」

菊莉の手元で輝いているのは、ガラケーから転送した例のメールである。

あんなやりとりがあった以上、菊莉は『選ばれた少女』を自称する桜音《さくね》の正体ではありえないだろう——そう考えて、相談することにしたのだった。

理事長には写真だけ見せたので、メールそのものを他人に見せたのは、これが初めてのことだ。

「確かにこの写真は、私が持っていたものだね。まさかまだ残っていたとは……」

「残っていた？　もう君は持っていないのか？」

「捨てたんだ。1年前——君と再会した頃に」

ビルの窓が落とす光を、自転車の影が横切る。

「もう必要ないと思ってね。あんな苦い思い出に縋《すが》らなくても、本物の君がいるんだから」

「別に残しておいたって問題はないだろう？」

「そうだね……。踏ん切りをつけたかったのかもしれない。あの過去をなかったことにして、三鷹松葉《みたかまつば》として君と付き合っていく踏ん切りを」

当時のこいつにとっては、必要な儀式だったというわけか。

「まあ捨てたと言っても、ゴミ袋に突っ込んだだけなんだけど」

「燃やしたり破いたりしたわけじゃないってことか」

「だから、私が捨てたそれを誰かが拾って、今まで保管していた可能性はないとは言えない——というか、それしか考えられないね」

「1年前……その頃には、4人とももうあの家に？」

「蘭香と竹奈々《ちなな》が来たのが3年前だから、もうとっくにだね」

「容疑者は絞れないか……」

「突き止めたいのかい？　このメールの送り主を」

「別に必要はないが、挑戦されたんでな」

——どうしても知りたいなら自分で突き止めてみせて？

ああ言われて黙っていては、僕も男が廃るというものだ。

何より、正体を暴いて聞き出したい――なぜ7年前の僕は、他の誰でもなく彼女を選んだのか。

「ふむ……。それじゃあ、この画像自体をもっとよく分析してみるべきかもね」

「って言うと？」

「これは紙の写真をスマホか何かで撮影したものだろう？　わずかだけど、背景が映り込んでいる……。どうも、テーブルか何かに写真を置いているようだけど――ん？」

菊莉は目を細めて、スマホの画面を限界まで顔に近づけた。

「どうした？」

「……やっぱりだ」

「何か気付いたのか？」

菊莉は画面を僕のほうに向ける。そして写真の画像を限界まで拡大して、

「左下の隅だ。気付かないかい？」

「……？　いや……」

「橙色《だいだいいろ》の光が、わずかに射《さ》し込んでいる――おそらく、夕日だ」

「夕日？」

「朝日ではないと思う。朝焼けと夕焼けでは微妙に色が違うからね。ここはイラストレー

ターの色彩感覚を信じてくれ。……そして、ここからが本題だ――」

そこから始まった菊莉の推理を聞いて、僕は愕然《がくぜん》とすることしかできなかった。

だとしたら。

もしかして――

「そいつが、このメールの送り主か？」

「少なくとも、この画像を撮影した人間である可能性は高いと思う」

まさか……彼女が……？

ありえない――とは言い切れない。言われてみれば、疑わしい行動は存在した。

「……わかった。この件は一旦、僕に預からせてくれ」

「そのつもりだよ。もし助けが必要になったら遠慮なく言ってくれ。私は君の唯一の、友達、だからね？」

「……なんか含みがないか？」

「ふふ」

ちょうどタワマンにたどり着いた。

ドアを一つ抜けて、菊莉が台座状のオートロック端末を操作する。

「あ、そうだ。君子《くんし》くん、ちょっとこっちに来てくれるかな？」

「ん？」

端末を操作している菊莉に、僕は後ろから近づいていく。

無防備に。

菊莉が急に振り向いて、正面から僕を抱きしめた。

「……っ⁉」

胸元に押し付けられる柔らかな感触、背中に回された細い腕、首元をくすぐる髪の先端、そこから漂う女子らしい甘やかな香り。

そして、

「(お返しだよ)」

呼気と共に耳をくすぐる囁《ささや》き声。

声もなく驚いて身を硬くする僕に、菊莉はくすくすと密《ひそ》やかに笑う。それからぱっと身を離すと、いつもより少し幼い表情で微笑《ほほえ》みながらウインクして、自動的に開いたオートロックドアに、軽い足取りで入っていった。

僕はただ、呆然《ぼうぜん》とそれを見送る。

……好きだった、とか、過去形で言っておいて……。

「……結局どっちだよ、まったく……」

僕は熱くなった顔が冷えるのを待ってから、改めてオートロックを開けてもらうはめになった。

『そして、ここからが本題だ――』

僕は改めて、菊莉が語った推理を振り返る。

『まずはこの画像が、仮に私たちの家で撮られたものだとする。写真には財布なんかに入れてあったような折り目もないし、持ち歩いていたようには思えない。まず間違いなく自分の部屋に保管してあったんだ。それをわざわざ撮影するためだけによそに持ち出すとも思えない。――そこで君子くん、我が家の家事を一手に担う君に、我が家の間取りをよく思い出してほしい』

『間取り？』

『まず、リビングの一番大きな窓は東に面している。代官山《だいかんやま》の東にある東京タワーが見えるんだから当然だ。そこから階段で2階に上がって、その2階に私たち姉妹の部屋が全部存在する。私、菊莉の部屋は、階段を上がって廊下を左側に――南側に進んだ突き当たりにあるね。じゃあ他の姉妹の部屋は？』

『えーっと……梅瑠《める》の部屋が階段から見て右奥の部屋――方角で言うと一番北西か。竹奈々の部屋がその手前、東隣の部屋。蘭香の部屋が廊下の左手側にある二つの部屋の、階段に近いほうだ』

『南に伸びる廊下の左手側――つまり東側だね？』

『そうだな』

『じゃあ君子くん、夕日はど、の、方、角、か、ら、射、す？』

『――――！』

この段に至って、僕はようやく菊莉が言わんとすることを察した。

『そう――夕日は西から射す。西日とも言うくらいだしね。それを踏まえた上で再び思い出してほしい。

竹奈々の部屋は梅瑠の東隣にある――つまり、西側には壁しかない。

蘭香の部屋は廊下の東側にある――つまり、西側には廊下しかない。

そして私の部屋だが、西側には大きなウォークインクローゼットがある。夕日が入ってくる窓など存在しない』

――クローゼットの類がないなと思いきや、どうやら右手側にある引き戸の向こうがウォークインクローゼットになっているらしい
菊莉の部屋に入ったときのことを思い出して、僕はうめき声を漏らした。よしんばウォークインクローゼットに窓があったとしても、テーブルが設置してあることはないだろう。

『以上より』

菊莉は結論を告げる。

『夕日が射し込む、西に面した窓は梅瑠の部屋にしか存在せず――夕日が写り込んでいる、この画像が撮影された場所も、梅瑠の部屋しかありえない』

◆

ゲーミングキーボードが七色に光り輝く。

ＰＣのファンが静かにうなりを上げる。

わたしはＰＣデスクの前に立ち尽くし、手元のそれを見下ろしていた。

手のひらに収まる程度の、小さな紙の写真――

――３人の女の子と、ひとりの男の子が、笑顔で写っている写真を。

あとがき

「先生ー、来ましたよー」

扉を開けて入ってきた安叶《あと》ちゃんを、私は軽く手を上げて出迎えた。

「やあ、待ってたよ」

「まったく、こっちは新学期になったばっかりで忙しいっていうのに、便利に扱《こ》き使《つか》わないでくださいよ。いい加減通報しますよ？　女子高生を家に連れ込んでる悪い大人がいるって」

「そっちが勝手に入り浸るようになったのに、なんて言い草だ……」

私と彼女──杜若《かきつばた》安叶ちゃんの間柄について、今回はひとまず姪《めい》っ子ということにしておこう。小さな頃から彼女は本がたくさんある私の部屋に多大なる興味を抱き、まるで自分の部屋のように入り浸って本の虫となった。そういう設定である。

そしてここからは設定ではなくただの事実なのだが、彼女の小説に対する審美眼はプロの作家や編集者にも決して劣るものではなく、今では私にとって第二の──いや、第零の担当編集者と化しているのだった。

今日は事前に送っておいた新作、『Tier1姉妹』第1巻の感想を聞く日だった。

「読みましたよ。相も変わらずラブコメですね」

「そんなことはないよ。純粋なラブコメ新作はなんと『連れカノ』ぶり。書き下ろしとなると初めてだよ」

「私の目には全部女の子とイチャつく作品に見えますけど……でも、ちょっと意外でした」

「何がかな」

「これって多分、『連れカノ』の次回作的な位置づけなんですよね。スニーカー文庫ですし。てっきり次も一対一の関係性をベースにしたラブコメを書くのかと」

「うーん……ぶっちゃけ飽きた」

「ぶっちゃけ過ぎでは？」

「っていうのは冗談で、そういうのはもう連れカノでやりきっちゃったなって。それに私はどうせ、一対一で書き始めても手癖でもうひとりくらいヒロイン増やしちゃうんだから、だったら一対多数のヒロインレースものに挑戦してもいいかなって」

「ははあ。ヒロインレース……」

安叶ちゃんはタブレットで発売前の原稿をすいすいとめくり、

「……私の目には、ミステリーに見えますけど。どっちかと言うと」

「ヒロインレースってミステリーみたいなもんでしょ。ほら、『五等分の花嫁』をバラバラ殺人の話だと思ってた人、いっぱいいたし」

「それとこれとは別過ぎますけど。……最近の先生って、なんでもかんでもミステリーにする傾向がありますよね。連れカノの最新刊もそうだったし」

「手持ちの武器をなんでも使っちゃおうっていうターンに入ってるんだよ。ラノベ作家ってミステリー書ける人少ないし」

「ラブコメ1本で勝負するのは諦めたってことですか？」

「うん。無理」

「無理って。一応アニメ化作家ですよね？」

「私の場合、なんとなくでしか書けないんだよね、ラブコメって。なんとなくで小説書くのって、最初は面白くても続けてるとつまんなくてさあ。カードゲームも、持ってるカードを適当に集めた紙束で遊ぶのが楽しいのは小学生まででしょ？」

「なんでもかんでもカードゲームで例えるのやめてください。わからないので」

　やれやれ。これがジェネレーションギャップか。

「でもまあ……武器の選択は悪くないですね」

「でしょ？」

「どんなジャンルの作品でも、謎を追いかける要素を入れるとそれだけで面白くなるところがありますからね。連れカノにはない読み味があっていいんじゃないですか？」

「汎用性が高いんだよね、ミステリーとラブコメって。遊戯王《ゆうぎおう》で言うと——」

「でも先生、これってちゃんと、オチは考えてあるんですか？」

私は話を無視された悲しみをおくびにも出さず、不敵ににやりと笑った。

「ネタバレになるから詳しくは言えないけど——少なくとも、現在から過去を変えることはできないよね」

「……7年前の勝ちヒロインについては決まってる、という理解でいいですか？」

「それも解釈の一つだ」

「7年前の勝ちヒロインが現在でも勝ちヒロインになるんですか？」

「それも解釈の一つだ」

「…………本当に、ひとりが選ばれるんですか？」

「それは君永《きみなが》次第だろうけど、彼の性格上、ハーレムエンドはないでしょ」

「そうですよね……」

「ちなみに安叶ちゃんは4人のうち誰が好き？」

「…………………」

手元のタブレットを見下ろしたまま、安叶ちゃんはしばし黙り込んだ。

「………私は、」

「あ、ごめん。やっぱやめとこう。あとがきで誰かを推すと、その子がメインヒロインみたいになっちゃいそうだから」

「自分で訊《き》いておいて——って、え？　あとがき？」

「うん。このやりとり、そのまままあとがきに載せるから」

「え？　は？　聞いてないんですけど!?」

「あとがきで自分語りみたいなことやるの面倒になっちゃってさ。君とのやりとりを小説形式にして載せちゃったほうが幾分か面白いかなって」

「い、いや、え？　出るってことですか？　私が？　先生の本に？」

「そう。あとがき専属ヒロインってことで」

安叶ちゃんはぽかんと口を開けて、私の顔を見つめた。

「ひ、ヒロインって……柄じゃないですよ！　ただの高校生ですよ、私！」

「大丈夫大丈夫。女の子を可愛《かわい》く書くプロだから、これでも」

「まかり間違って友達とかに見られたらどうするんですか！　私に『ラノベヒロインになった女』として生きていけと!?」

「外見描写はしないし、名前も偽名にしておくから。『あとがき』をもじって『杜若安叶』っていうのはどう？」

「この人はもう……！　他人《ひと》を何だと思ってるんですか……！」

「本当に嫌ならやめるけどね。小説のモデルにされた女性が訴訟を起こした事例もあることだし」

「べつに……そこまで嫌ってわけじゃ……ありませんけど」

安叶ちゃんは左右に目を泳がせて、もじもじと両手の指を絡ませた。

「……変なキャラ付けとかしませんよね？　小悪魔チックになったり」

「竹奈々《ちなな》じゃないんだから」

「巨乳になったり」

「梅瑠《める》じゃないんだから」

「ツンデレになったり」

「蘭香《らんか》じゃないんだから」

「裸族になったり」

「菊莉《きくり》じゃないんだから」

「……はあ。だったらもう、いいですよ。好きに――」

「君の属性は『ちょっと辛辣だけど面倒見のいい年下美少女』だ」

「…………、通報します」

「ストップストップストップ！」

この後、なんとか改めて許可を得て、無事この原稿が完成したのだった。

Tier1《テイアワン》姉妹《しまい》
有名《ゆうめい》四姉妹《よんしまい》は僕《ぼく》なしでは生《い》きられない

著　紙城境介《かみしろきょうすけ》

角川スニーカー文庫　24256
2024年11月１日　初版発行

発行者　山下直久
発　行　株式会社KADOKAWA
〒102-8177 東京都千代田区富士見2-13-3
電話　0570-002-301（ナビダイヤル）
印刷所　株式会社暁印刷
製本所　本間製本株式会社

Printed in Japan　ISBN 978-4-04-114975-1　C0193

★ご意見、ご感想をお送りください★
〒102-8177 東京都千代田区富士見 2-13-3
株式会社KADOKAWA　角川スニーカー文庫編集部気付
「紙城境介」先生「成海七海」先生

本書は、カクヨムに掲載された「Tier1姉妹：有名四姉妹は僕なしでは生きられない（たぶん）」を改題・改稿したものです。

角川文庫発刊に際して

角川源義

第二次世界大戦の敗北は、軍事力の敗北であった以上に、私たちの若い文化力の敗退であった。私たちの文化が戦争に対して如何に無力であり、単なるあだ花に過ぎなかったかを、私たちは身を以て体験し痛感した。西洋近代文化の摂取にとって、明治以後八十年の歳月は決して短かすぎたとは言えない。にもかかわらず、近代文化の伝統を確立し、自由な批判と柔軟な良識に富む文化層として自らを形成することに私たちは失敗して来た。そしてこれは、各層への文化の普及滲透を任務とする出版人の責任でもあった。

一九四五年以来、私たちは再び振出しに戻り、第一歩から踏み出すことを余儀なくされた。これは大きな不幸ではあるが、反面、これまでの混沌・未熟・歪曲の中にあった我が国の文化に秩序と確たる基礎を齎らすためには絶好の機会でもある。角川書店は、このような祖国の文化的危機にあたり、微力をも顧みず再建の礎石たるべき抱負と決意とをもって出発したが、ここに創立以来の念願を果すべく角川文庫を発刊する。これまで刊行されたあらゆる全集叢書文庫類の長所と短所とを検討し、古今東西の不朽の典籍を、良心的編集のもとに、廉価に、そして書架にふさわしい美本として、多くのひとびとに提供しようとする。しかし私たちは徒らに百科全書的な知識のジレッタントを作ることを目的とせず、あくまで祖国の文化に秩序と再建への道を示し、この文庫を角川書店の栄ある事業として、今後永久に継続発展せしめ、学芸と教養との殿堂として大成せんことを期したい。多くの読書子の愛情ある忠言と支持とによって、この希望と抱負とを完遂せしめられんことを願う。

一九四九年五月三日